COM SABOR DE TERRA

Alcy Cheuiche

COM SABOR DE TERRA

Texto de acordo com a nova ortografia.

Capa: Marco Cena
Revisão: Caren Capaverde e Patrícia Rocha

CIP-Brasil. Catalogação na Fonte
Sindicato Nacional dos Editores de Livros, RJ

C451c

Cheuiche, Alcy, 1940-
    Com sabor de terra / Alcy Cheuiche. – Porto Alegre, RS: L&PM, 2011.
    160p. : 21 cm

    ISBN 978-85-254-2455-6

    1. Crônica brasileira. I. Título.

11-5242.   CDD: 869.98
                        CDU: 821.134.3(81)-8

© Alcy Cheuiche, 2011

Todos os direitos desta edição reservados a L&PM Editores
Rua Comendador Coruja, 314, loja 9 – Floresta – 90.220-180
Porto Alegre – RS – Brasil / Fone: 51.3225.5777 – Fax: 51.3221.5380

PEDIDOS & DEPTO. COMERCIAL: vendas@lpm.com.br
FALE CONOSCO: info@lpm.com.br
www.lpm.com.br

Impresso no Brasil
Primavera de 2011

Ao Jayme Caetano Braun, como mestre e amigo, tomo emprestado o título deste livro:

> O pai um tigre que a branquear ficara
> entre ossamentas num tendal de guerra,
> a mãe, chirua com sabor de terra,
> o lar um rancho, santa-fé e taquara.

E agradeço o generoso prefácio que me abriu caminho na literatura:

> Dos Cheuiches libaneses
> de tradições milenares,
> dos Vargas e dos Tavares
> espanhóis e portugueses,
> cujos brasões camponeses
> bordados além-oceano
> vieram ao solo pampeano
> participar da feitura
> da legendária figura
> do centauro americano.

Aos outros escritores com sabor de terra, em quem busquei inspiração, neste e no outro hemisfério.

ALCY CHEUICHE
Primavera de 2011

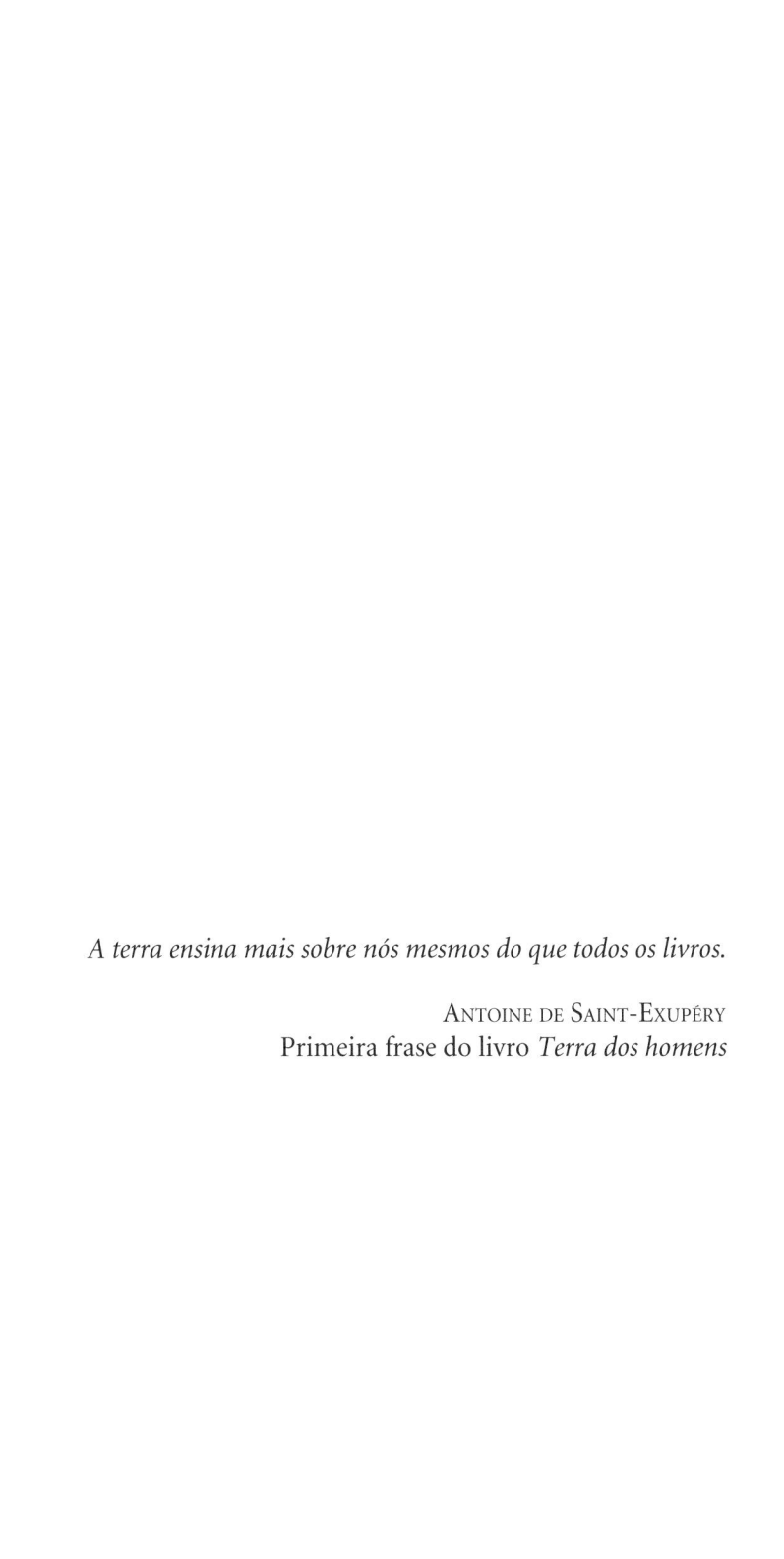

A terra ensina mais sobre nós mesmos do que todos os livros.

Antoine de Saint-Exupéry
Primeira frase do livro *Terra dos homens*

Sumário

PARTE I: GENTE DA MINHA TERRA

Erico de volta à terra 13
Mafalda Verissimo 19
Mozart Pereira Soares, o Mestre 24
Recuerdos do velho João Vargas 28
Mario Quintana: Carta aberta à Academia 31
Dez mil e trezentas poesias 34
À sombra de um ipê 36
Getúlio Vargas 38
Moacir Santana 41
Um personagem de Cyro Martins 44
Três mulheres mágicas 50
Irmão Elvo Clemente: adeus a um homem bom 52

PARTE II: GENTE DE OUTRAS TERRAS

Malraux e De Gaulle 57
Marguerite Yourcenar 59
Jean-Paul Sartre 63
Ernest Hemingway 65
Adeus a Jacques Cousteau 67

PARTE III: EU E A MINHA TERRA

Prêmio Ilha de Laytano 71
Milagre 75

Meu Deus que a Lourdes suba 87
Meu pai no Rio de Janeiro de 1928...............................95
Uma mancha de tinta nankin 98
Nelson Laydner 102
Seu Lili 105
Nas paredes das cavernas 108
O ônibus fluvial..110
A volta dos centauros e das sereias.............................112
O pescador e o executivo 115
Farm Bill ou Búfalo Bill?..118
O grande Paulo Autran 120
Ideias não são metais que se fundem 122
A bancária algemada 124
Grenal no Maracanã 126
A Feira do Livro de Porto Alegre 128
Um ônibus cortando as águas do Guaíba 130
Sofrendo por um táxi..132
Na minha porta não vai bater nenhum PM 134
Brizola não usava cartola 136

PARTE IV: ALGUMAS ENTREVISTAS
Cheuiche na Feira de Frankfurt 141
Autorretrato Alcy Cheuiche 145

PARTE I:
GENTE DA MINHA TERRA

Erico de volta à terra

Conto como dona Mafalda me contou. Foi numa manhã de sábado, que sempre imagino ensolarada. Um pequeno caminhão estaciona diante da casa de Erico Verissimo na Rua Felipe de Oliveira, bairro Petrópolis, em Porto Alegre. Dentro dele estão algumas caixas com centenas de livros em português e espanhol. São as obras que o escritor escolhera para a grande aventura. Antes de iniciar aquele romance imenso, tinha que mergulhar a fundo na história do sul do Brasil.

Entre esses livros, no entanto, enxergo sempre um alienígena. Nunca perguntei, mas sinto que *E o vento levou*, obra única de Margaret Mitchell, está na gênese de *O Tempo e o Vento*. Cronologicamente, tudo se ajusta. O filme encantava o mundo. A saga do sul dos Estados Unidos pode ter deixado uma semente de ouro na imaginação do escritor gaúcho. Scarlett O'Hara estaria, assim, no DNA de Ana Terra.

A verdade é que as primeiras linhas de *O Continente* já devolvem o cruzaltense às suas origens:

> Era uma noite fria de lua cheia. As estrelas cintilavam sobre a cidade de Santa Fé, que de tão quieta e deserta parecia um cemitério abandonado. Era tanto o silêncio e tão leve o ar, que se alguém aguçasse o ouvido talvez pudesse até escutar o sereno na solidão.

A imaginação de Erico volta à terra natal para escrever a obra de sua vida. Assim, nada de estranho que tenha escolhido o sobrenome *Terra* para a família de Ana. E *Cambará*, nome guarani de uma árvore nativa de seus pagos, para o Capitão Rodrigo. O escritor deixara há muitos anos sua pequena cidade em busca de horizontes mais amplos. E fora fiel a essa decisão. A prova é que seus livros, até aquela *noite fria de lua cheia*, só se ocuparam de temas urbanos. E ele próprio andava muito longe de suas raízes.

Raiz, palavra mágica, principalmente no plural, como diz Pablo Neruda em *Confieso que he vivido*. E as raízes mais profundas de Erico são missioneiras. Por isso, o segundo capítulo do livro se intitula "A fonte" e começa no ano em que os guaranis terminaram a construção da Catedral de São Miguel Arcanjo:

> Naquela madrugada de abril de 1745, o Padre Alonzo acordou angustiado. Seu espírito relutou por alguns segundos, emaranhado nas malhas do sonho, como um peixe se debate na rede, na ânsia de voltar a seu elemento natural.

Por sorte nossa, Erico Verissimo conseguiu escapar da rede. Embora tenha escrito bons livros urbanos, o elemento natural do escritor era a terra natal. E teve que voltar a ela para escrever seu livro maior.

Uma das mais belas edições de *O Tempo e o Vento*, aquela ilustrada por Nelson Boeira Fäedrich, traz como prefácio o ensaio de Mozart Pereira Soares denominado "A mulher na obra de Erico Verissimo". Contou-me o professor Mozart que foi o próprio autor quem o convidou para essa apresentação, encantado que outro missioneiro tivesse tão bem apanhado a sua obra.

Mozart Pereira Soares nos revela com profundidade as diferentes abordagens do autor frente às personagens de ambos os sexos. Ressalta que, para os homens, essa apresentação é direta. Depois de um rápido retrato físico, não raro em traços caricaturais, ele nos oferece um esboço da fisionomia moral do personagem que passa a agir. As mulheres são apresentadas de maneira inversa. Nunca direta e cruamente, "mas como que refratadas pela ambiência em que se movem".

Vamos ver como Erico nos apresenta sua mais famosa personagem feminina, nas primeiras linhas do capítulo a ela dedicado:

> Sempre que me acontece alguma coisa importante está ventando, costumava dizer Ana Terra. Mas entre todos os dias ventosos de sua vida, um havia que lhe ficara para sempre na memória, pois o que sucedera nele tivera a força de mudar-lhe a sorte por completo. Mas em que dia da semana tinha aquilo acontecido? Em que mês? Em que ano? Bom, devia ter sido em 1777: ela se lembrava bem porque este fora o ano da expulsão dos castelhanos do território do Continente. Mas na estância onde Ana vivia com os pais e os dois irmãos, ninguém sabia ler, e mesmo naquele fim de mundo não existia calendário nem relógio. Eles guardavam de memória os dias da semana; viam as horas pela posição do sol; calculavam a passagem dos meses pelas fases da lua; e era o cheiro do ar, o aspecto das árvores e a temperatura que lhes diziam das estações do ano. Ana Terra era capaz de jurar que aquilo acontecera na primavera, porque o vento andava bem doido, empurrando grandes nuvens brancas no céu, os pessegueiros estavam floridos e as árvores que o inverno despira, se enchiam outra vez de brotos verdes.

Nessa descrição da terra sulina, do seu estranho sabor naquele tempo, o escritor nos revela a imensa solidão de Ana no pampa varrido pelo vento. É a futura mãe de todos os gaúchos, ainda jovem, ainda virgem, que sente no corpo o pulsar da primavera. Caminha em direção à sanga, equilibrando sobre a cabeça uma cesta de roupa suja. No pensamento, sonha em partir para um local mais povoado, Rio Pardo, Viamão, ou até mesmo voltar para a Capitania de São Paulo, onde nascera. Mas seu destino a espera logo ali na frente.

> Um homem caído de borco, os braços abertos em cruz, a mão esquerda mergulhada na sanga.

Ana tenta recuar, mas é tarde. Ela é o símbolo da mulher que irá povoar aquelas terras imensas. É um elo da nossa miscigenação que começa a se plasmar. Ao entregá-la a Pedro Missioneiro, o escritor exige respeito ao nosso sangue indígena. E o faz também em causa própria. Erico Verissimo carregava, bem visível em seus traços fisionômicos, muito dessa origem guarani.

Assim, Ana Terra passa a ser a mais importante ancestral da família imaginária *Terra Cambará* e também da própria etnia do escritor. Neta de um paulista, que ganhou aquela distante sesmaria por seus feitos de guerra, Ana vai unir em seu filho, Pedro, duas das vertentes que mais honram a nossa formação histórica: a dos tropeiros de Sorocaba e Laguna e a dos missioneiros dos Sete Povos.

Interessante também, uma vez que a personagem é certamente um símbolo da nossa terra em seus primórdios, transcrever um trecho do capítulo que nos revela a opinião do autor sobre a origem dos nossos conflitos agrários:

> O Continente ia sendo aos poucos dividido em sesmarias. Isso seria muito bom, se houvesse justiça e decência. Mas não havia. Em vez de muitos homens ganharem áreas pequenas, poucos homens ganhavam campos demais, tanta terra que a vista nem alcançava.

E foi nessa terra que a mulher branca se uniu ao índio. O erotismo chucro da paixão de Ana Terra por Pedro Missioneiro é de uma pureza natural, telúrica, descrito para revelar o drama de todas as mulheres prisioneiras da solidão:

> Ana estava inquieta. No fundo, ela bem sabia o que era, mas envergonhava-se de seus sentimentos. Queria pensar noutra coisa, mas não conseguia. E o pior é que sentia os bicos dos seios (só o contato com o vestido dava-lhe arrepios) e o sexo como três pontos ardentes. Sabia o que aquilo significava. Desde os quinze anos, a vida não tinha mais segredos para ela. Muitas noites, quando perdia o sono, ficava pensando em como seria a sensação de ser abraçada, beijada, penetrada por um homem.

Mais adiante, já em desespero, o desejo animal da jovem se torna antropomórfico. Um touro vermelho, que ela vira cobrindo vacas, invade o erotismo de seus sonhos na hora da sesta:

> A língua do touro era viscosa, babava-lhe as coxas, e a respiração do animal tinha a mornidão úmida do vento norte. E de repente, trêmula e aflita, Ana se encontra de novo, de olhos abertos, vendo o teto de palha da cabana, ouvindo o ressonar dos homens e o zumbido da varejeira que agora refulgia, verde-azul, presa momentaneamente numa réstia de sol.

Arrastada à sanga pelo desejo carnal, mas também pela música da flauta de Pedro, Ana "sente nas solas dos pés a terra morna do chão". Mais uma vez Erico, que escreveu essa narrativa numa época de muitos preconceitos, mesmo sem usar metáforas transforma o ato de entrega numa cena quase mitológica. Como Anteu, Ana ganha a energia da terra através dos pés descalços. Como as heroínas de Homero e Sófocles, ela cumpre à risca o seu destino. E Pedro também. Tanto assim que, meses depois, quando Ana está grávida e o convida para fugir, ele se refugia no misticismo para cumprir seu fado:

> Demasiado tarde. Voy morrer. Eu vi. Vi quando dois homens enterraram mi cuerpo cerca de un árbol. Demasiado tarde.

Pedro é assassinado pelos irmãos de Ana e enterrado perto de uma árvore. Demasiado tarde para ele, símbolo dos índios guaranis, fugir do destino trágico do seu povo. Mas não é tarde para o filho que vivia no corpo de Ana Terra. Um filho mestiço destinado a levar seu sangue e o de seus algozes através dos séculos, *per secula seculorum*, como ele diria. E Erico narra esse momento de maneira genial:

> [...] nesse mesmo instante o filho começou a mexer-se em suas entranhas e ela passou a brincar com uma

ideia que dali por diante lhe daria a coragem necessária para enfrentar os momentos duros que estavam por vir. Ela trazia Pedro dentro de si. Pedro ia nascer de novo e portanto tudo estava bem e o mundo no fim das contas não era tão mau.

Tudo que acontece daí em diante com Ana, inclusive a cena bárbara em que é violentada, não a desviará jamais do seu caminho. Porque, no romance, ela representa a gênese da terra e da mulher gaúcha.

Ana Terra é uma mulher apaixonante que vem povoando os sonhos eróticos de várias gerações. Confesso que fez parte da minha adolescência e continua, a cada nova leitura, a perturbar meus sentidos de homem maduro. Fui com ela muitas vezes naquela sanga e invejei, mesmo trágica, a sorte de Pedro Missioneiro.

Mas confesso que vejo em Ana Terra, como num complexo de Édipo, também a minha mãe. A minha e a de todos que nasceram, homens e mulheres, nestas terras varridas pelo vento sul.

Mafalda Verissimo

Era sempre ao entardecer. Ela nos recebia na sala do meio, ponto de encontro da família com amigos. Aliás, é desta sala a única fotografia que tenho com Erico Verissimo. Foi em 1967. Eu lançando na Feira do Livro a minha primeira novela, *O gato e a revolução*, escrita na Alemanha. O João Paulo Trindade, conterrâneo de Alegrete, era jornalista do *Diário de Notícias* e organizou a visita para uma reportagem. O encontro do escritor iniciante com o mestre consagrado. Estava também conosco o poeta Hélio Ricciardi, grande amigo de Mario Quintana.

O escritor nos recebeu com afeto e falamos sobre viagens, em geral, e sobre García Lorca, em particular. Dona Mafalda estava próxima, trabalhando em um bordado. Mas sempre atenta à conversa, interferia de vez em quando com um comentário apropriado:

– Erico, conta para eles da nossa visita a Fuente Vaqueros.

– É verdade – disse ele –, estivemos lá para conhecer a irmã de Lorca. Fomos de trem e quase esquecemos a mala no desembarque.

E prosseguiu com detalhes sobre aquele encontro e a continuação da viagem até Madri. Dona Mafalda pediu-lhe para contar sobre a visita a Toledo e à montanha onde Hemingway alocou seu romance *Por quem os sinos dobram*. Cada vez que ela falava, a palestra se acendia.

Daquela primeira visita, ficou-me a imagem tranquila e sólida de Erico Verissimo, uma fotografia para a posteridade da família Cheuiche e, principalmente, um bem-querer à primeira vista por dona Mafalda, que vai durar pelo resto da minha vida.

Mas ficamos muitos anos sem nos encontrar. Finalmente, em 1985, quando Dante de Laytano foi à minha casa comunicar-me que eu receberia o prêmio literário Ilha de Laytano, juro que o complemento da boa notícia deu-lhe o dobro do valor.

– Quem vai te entregar o troféu do Xico Stockinger vai ser a Mafalda Verissimo – me disse ele.

A festa na Casa de Portugal foi perfeita, salvo pela ausência de dona Mafalda. Sorte que a substituta foi sua nora, Lúcia, com quem simpatizei de imediato.

Alguns meses depois, encontrei dona Mafalda no aeroporto e resolvi abordá-la. Ela me olhou curiosa com aqueles olhos de porcelana e, logo que me identifiquei, seguimos conversando com naturalidade. Lamentou estar adoentada no dia da entrega do prêmio e convidou-me para visitá-la quando voltasse dos Estados Unidos. E foi assim que iniciamos uma amizade verdadeira.

Dona Mafalda tinha grandes amigos e sabia cuidar de cada um deles como se fosse o único. Quando eu chegava na casa da Rua Felipe de Oliveira, aliás, do poeta Felippe D'Oliveira, que é patrono da minha cadeira na Academia Rio-Grandense de Letras, seus olhos brilhavam de alegria. Da mesma forma que brilhavam quando chegava o Paulo Autran, a dona Eva Sopher, a Ivete Brandalise e o Milton Mattos, ou outro de seus amigos queridos.

Ela servia logo uísque e salgadinhos, interessando-se pelos meus livros e me ouvindo com atenção. Mas eu gostava mesmo era de ouvi-la falar. E o mesmo acontecia com o Luis Fernando, que participava muitas vezes desses encontros. Ele, que só gosta de falar por escrito, escutava sempre a mãe como embevecido.

Falávamos muito sobre viagens, nossa paixão em comum. Assim, quando fui ao México, usei como roteiro o livro de Erico *México, história de uma viagem* e procurei seguir ao máximo os passos do casal. Lembro que infernizei dois amigos mexicanos até encontrar o famoso bar onde, alta madrugada, um sujeito entrava empurrando um carrinho de mão e era aplaudido pelos *borrachos*. É que ele levava uma bateria de seis volts para dar choques mediante modesto pagamento. Dona Mafalda ria quando eu contava que me submeti ao choque e, da mesma forma que acontecera com o escritor Viana Moog, expulsei de imediato a tequila do meu corpo.

Em 1994, retornando da Feira do Livro de Frankfurt, onde fui lançar *Ana sem terra* em alemão, passei por Paris para rever amigos e lugares amados. E, saboreando de antemão as histórias que ouviria da querida amiga, fotografei o prédio onde ela e Erico viveram, numa rua paralela ao Champs Elysées. Realmente, as fotografias foram motivo de muitas recordações, partilhadas naquele entardecer por Flávio Loureiro Chaves, de quem dona Mafalda gostava muito. Foi ela quem escolheu Flávio para reunir o material deixado e completar o segundo volume do *Solo de clarineta* que ficara inconcluso com a morte de Erico, em 1975.

Aliás, nunca falamos da morte de seu marido, mas muito da sua luta pela vida, desde que se declarara a doença cardíaca. Ela recordava com gratidão quando o dr. Eduardo Faraco, tio do Sergio, transformara aquela casa em uma sucursal de sua clínica. E salvara a vida de Erico, após um longo tratamento.

Foi quando eu perguntei se era verdade que, algum tempo depois, Erico Verissimo recusara o título de Doutor *Honoris Causa*, na época em que Faraco era reitor da Universidade Federal do Rio Grande do Sul (UFRGS), o que muito o desgostara. Ela me respondeu, então, com os olhos brilhando como nunca:

– Ele não poderia receber aquele título, depois que amigos nossos foram cassados da universidade. Seria como se o Erico apoiasse a ditadura. A nossa dívida era com o médico Faraco, não com o reitor.

Em 1995, quando minha filha Zilah completou doze anos, passou-se um fato interessante. Tudo começou quando ela pediu-me autorização (ainda havia disso) para ler *O Tempo e o Vento*. Fiquei na dúvida. Não seria cedo demais? Aí pensei um pouco e achei a solução:

– Telefona para a dona Mafalda e pergunta o que ela acha.

Zilah ligou e veio feliz com a resposta:

– É para nós irmos na casa dela hoje mesmo que ela vai me dar uma nova edição de *O Continente* e de *O Retrato*.

E lá fomos nós ao entardecer. Dona Mafalda entregou os livros para a Zilah e nos contou uma boa história.

— Quando o Erico ainda era bem jovem, um cidadão disse a ele que seus livros eram proibidos para menores. Ele não se ofendeu e comentou, apenas: "A vida é que é proibida para menores...".

Mas dona Mafalda não passava o tempo todo falando sobre Erico Verissimo. Era uma *causeuse*, uma pessoa que sempre tinha o que contar e o fazia magistralmente. Para quem não a conheceu, é preciso dizer que cumpriu até o fim o papel de esposa e viúva do grande escritor, mas não era um simples satélite, era uma estrela com luz própria. E mais ainda, ela sabia admirar todos os talentos verdadeiros, sem distinção do estilo com que se manifestam.

Ao saber que dona Mafalda não conhecia pessoalmente o Jayme Caetano Braun, dei um jeito de organizar o encontro. Foi num churrasco na minha casa, logo depois da Feira do Livro de 1993, quando lancei *Lord Baccarat*, o meu livro que dona Mafalda mais gostava, além de *Ana sem terra*. Recordo que o cartunista Sampaulo, naquela noite, teve a mesma reação que eu em 1967, e apaixonou-se pela nossa amiga à primeira vista. O mesmo aconteceu com Doly Costa, que a encantou com seu bandoneon. Quanto à *payada* do Jayme, que, acompanhado pelo violão do Glênio Fagundes, improvisou alguns versos, raramente o vi tão inspirado.

Só faltou o Paulinho Pires, que ficou acertado para uma *happy hour* alguns dias depois, na casa dos Verissimo. E aquele serrote tocado em forma de violino, principalmente quando Paulinho interpretou a *Ave Maria* de Gounod, conquistou a todos os presentes. Especialmente seus amigos da família Bertaso, os principais convidados.

Nunca vi dona Mafalda falar mal de ninguém, mas descobri, de maneira acidental, que podia ter ciúme de Erico. Tendo conhecido uma escritora de São Paulo, de renome nacional, e começado a elogiá-la, fui interrompido nas primeiras frases:

— Ela escreve bem, mas não confio nela como pessoa. Quando nos visitava, nunca se dirigia a mim, era como se eu não existisse. Depois da morte do Erico, veio aqui umas duas vezes e desistiu. Nossa casa não é local de romaria.

Embora tenha vivido noventa anos, dona Mafalda nunca envelheceu. Manteve sua mente lúcida, sua família unida, praticando o matriarcado com sabedoria. Todos acreditávamos que ela viveria muitos anos mais. Por isso, quando chegou a hora da despedida, a dor foi muito forte.

Tinha que ser durante a Feira do Livro, quando as flores dos jacarandás e guapuruvus cobrem Porto Alegre de lilás e amarelo. No cemitério de São Miguel e Almas, rezamos juntos por ela e até sorrimos quando seu caixão não quis caber no túmulo da família. Seria a repetição final do enredo de *Incidente em Antares*? Ou apenas um último esforço para manter seus amigos junto com ela por uns momentos mais?

Seja qual for a razão, seu corpo encontrou espaço para descansar em paz. E nós iniciamos uma longa marcha de saudade, que teima em não se acabar.

Mozart Pereira Soares, o Mestre

O mestre vai fazer noventa anos. Recolhido ao seu sítio em Palmeira das Missões, convive agora somente com alguns familiares e amigos. No início deste ano perdeu sua esposa, Tereca, um golpe forte para quem sempre foi feliz no casamento. Graças ao sobrinho Oli, que mudou-se para junto do tio, Mozart Pereira Soares está bem cuidado. Mas nós, seus amigos que vivemos longe, sentimos muito a sua falta. Porque o mestre é único. Um ser humano difícil de clonar.

  Conheci o professor Mozart em Porto Alegre, na antiga Faculdade de Medicina da UFRGS, ali na frente da Faculdade de Direito (que ele iria cursar depois de aposentado, diplomando-se advogado com 71 anos). Eu cursava Medicina Veterinária, mas a cadeira de Fisiologia era comum para as ciências médicas. Ali, o Prêmio Nobel de Fisiologia, Bernardo Houssay, deixara sua marca no aluno predileto. Primeiro argentino a conquistar tal honraria, ele recebera o jovem Mozart em Buenos Aires para um curso de aperfeiçoamento, em 1949. Nada melhor para expandir os conhecimentos de nós todos, seus futuros alunos, do que uma parceria desse nível. Não é de estranhar, portanto, que Mozart Pereira Soares, como veterinário, tenha sido o primeiro professor de Fisiologia da Faculdade de Medicina de Santa Maria.

  Nesse particular, vale a pena contar uma boa história. Indicado ao reitor Mariano da Rocha pelo Prêmio Nobel, Mozart Pereira Soares aceitou lecionar Fisiologia para os futuros médicos. Mas, ignorantes do seu vasto saber, alguns alunos resolveram boicotar o novo professor. Consideraram como desprezo receberem aulas de um veterinário, fosse qual fosse a sua capacitação profissional. Assim, a combinação era faltarem todos a sua primeira aula, marcada para uma terça-feira. Acontece que, na véspera, na segunda-feira, deveria chegar a Santa Maria o ministro da Saúde para proferir conferência e receber o título de Doutor *Honoris Causa*. O homenageado ficaria poucas horas na cidade e por isso iria diretamente do aeroporto para o salão de atos. O reitor e demais autoridades foram recepcioná-lo, enquanto o auditório ia ficando repleto de convidados, na maioria professores e alunos da universidade. Mas, por falta de teto, o avião não conseguiu aterrissar, e Mariano da Rocha, muito decepcionado, foi ao salão nobre comunicar o cancelamento do programa. Ao chegar, a primeira pessoa que encontrou foi Mozart Pereira Soares. Disse-lhe o que acontecera e acrescentou:

– É uma lástima convocar toda a universidade para nada.

Ao que Mozart retrucou:

– Qual é o tema da conferência que o ministro iria fazer, dr. Mariano?

– O papel da medicina no mundo moderno.

– Pois então, se o senhor quiser, eu faço a conferência.

E assim, de improviso, subiu à cátedra e falou durante uma hora e meia, sendo aplaudido de pé por toda a assistência. No outro dia, é claro, os alunos de medicina estavam todos lá para assistirem a sua primeira aula. E até hoje muitos médicos gaúchos recordam com saudade daquele grande mestre.

Além do sucesso como professor universitário, Mozart é historiador, romancista e poeta. Membro da Estância da Poesia Crioula, e seu presidente em um dos momentos áureos da nossa academia chucra, seu livro *Erva cancheada* é obra definitiva da poesia regional. Com ele revelou ao Brasil a vida e o folclore dos ervateiros, além de abordar temas universais, em linguagem gaúcha, como nos poemas "Flete negro" e "Senha", entre outros. Seu primeiro romance, *A pastoral missioneira*, recebeu em 1972 o Prêmio Ilha de Laytano, o mais importante da época. Ali, o mestre nos conta a sua infância campesina, como quem a fosse pintando com aquarela. Os pais, muito pobres, retirando da terra a sua sobrevivência. A avó Eliza, com suas histórias do tempo dos jesuítas, o galho de arruda atrás da orelha e o relho para castigar os guaipecas sempre ao alcance da mão. Todo o meio que o cerca, quando abriu os olhos para o mundo, ganha vida e mexe com as nossas emoções: o rancho dos avós onde nasceu e a casinha modesta dos pais, os utensílios da vida diária, os bichos, as árvores, a sanga com seus lambaris, as primeiras artes e o castigo certo pelas mãos do pai. Tudo é real, puro, emocionante, como no primeiro livro de infância de Marcel Pagnol, o grande escritor francês, e talvez até melhor.

Sem nunca deixar de ser um mestre das ciências médicas e rurais, tendo sido presidente da Sociedade de Veterinária do Rio Grande do Sul, diretor da Faculdade de Agronomia e Veterinária, professor emérito, decano do Conselho Universitário e, nessa condição, reitor da UFRGS, o professor Mozart, como os gregos do século de Péricles, tornou-se um homem de cultura universal, tanto científica, como humanística. Assim, quando o atual vice-governador do Estado, o escritor Antonio Hohlfeldt, garimpou sua obra e revelou-a por inteiro ao Brasil, o título que escolheu foi significativo: *Saber universitário com gosto campeiro*. Uma grande definição da vida e obra de um homem fora do comum.

Na literatura, com mais vinte livros que se seguiram aos acima citados, Mozart Pereira Soares conquistou um público cativo e elegeu-se membro da Academia Rio-Grandense de Letras e do Instituto Histórico e Geográfico do Rio Grande do Sul. Conseguindo popularidade a ponto de ser entrevistado por Jô Soares em seu famoso programa, Mozart provou que a erudição é respeitada em todos os segmentos da sociedade, desde que sirva para o aperfeiçoamento do povo. E para isso, é preciso aliar um profundo conhecimento de todos os assuntos que trata, com o prazer de ensinar, de iluminar as mentes de seus alunos e leitores, qualidade rara que permite que nós o chamemos de mestre.

Há poucos dias, fui visitar o velho professor em seu refúgio. Levei, de parte do presidente do Conselho Regional de Medicina Veterinária, dr. Eduardo de Bastos Santos, uma estatueta que recebi em seu nome em solenidade realizada em Porto Alegre. Mais uma vez nossa classe profissional o homenageara como "Destaque

Cultural do Ano". Uma nova honraria a ser colocada ao lado da Medalha Assis Brasil, da Medalha Simões Lopes Neto, da Medalha Negrinho do Pastoreio e tantas outras que valorizaram aquele que muitos consideram o homem mais culto do Rio Grande do Sul. Mas essa tem um sabor especial. O sabor campeiro de ser oriunda de seus colegas veterinários, exatamente no momento em que o mestre deixou o palco e recolheu-se às suas raízes.

Ao entardecer, conversando com ele diante da casa do sítio, com uma linda paisagem de mata preservada e coxilhas verdes, ergueu-se em voo rasante um quero-quero. Para provocar sua memória, perguntei:

– Como é o nome científico do quero-quero, mestre?

Sem titubear, ele respondeu:

– *Bellopterus chilensis lampronatus*.

E acrescentou:

– Em tradução livre, o nome vem do latim *bellus*, guerra, e do grego *pterus*, asa. Ou seja, o que carrega a arma nas asas.

E me veio à mente o final do poema de Glaucus Saraiva "A lenda do quero-quero", recordando essa característica da nossa ave sentinela:

> Voará com a esperança,
> guardando a ponta de lança
> a gaúcha tradição.

Podemos todos ficar tranquilos. Mesmo em avançada idade, quase só em seu exílio voluntário, o mestre continua possuidor de uma mente clara e poderosa. E podemos seguir aprendendo com ele. Graças a Deus.

Recuerdos do velho João Vargas

Conheci João da Cunha Vargas no Alegrete. Eu, ainda gurizote. Ele, já falquejado pela vida. O encontro foi no CTG Farroupilha, nas margens do Ibirapuitã. Não me lembro mais do que se comemorava. O certo é que o churrasco pingava gordo nas brasas e a cordeona corcoveava nas mãos do gaiteiro.

Quando calava a gaita, alguém passava a mão no violão e um verso crioulo buscava calar a assistência. Duvido existir gente para gostar de poesia como o gaúcho. Se está mastigando, engole mais devagar para não fazer ruído. E se alguém fala no meio da declamação, logo recebe cada olhada de esguelha de tirar lascas de vergonha.

Mas, nesse dia que eu falo, estava brabo de obter silêncio. A alegria transbordava do peito, fechava os ouvidos e abria as bocas. De longe, nosso galpão devia parecer um ninho de caturritas. Dois declamadores foram ouvidos mal e mal, até que o tio Ícaro gritou lá do fundo:

– Hoje só o João Vargas para calar a boca dessa indiada.

A sugestão foi recebida com aplausos. E logo saíram uns quantos a buscar o poeta. Confesso que, ao vê-lo chegar, fiquei meio decepcionado. Era um velhito pequeno, magrinho e enrugado como uma passa de uva. Achei até que fosse alguma brincadeira que iam fazer com o velho, e não gostei. Mas o fato é que ele se plantou bem no meio do salão, tapeou o chapéu na nuca e pediu um trago para clarear a garganta.

Logo, várias mãos se espicharam e ele escolheu a que lhe oferecia uma guampa de cachaça. Deu uma golada, limpou a boca com as costas do braço e foi chamando para si a atenção da rapaziada barulhenta. Quando o guitarreiro tirou os primeiros acordes da milonga, o velhito segurou o pala com a mão direita e começou a declamar.

Que coisa mais estranha. A voz parecia lhe brotar diretamente do coração. Cada palavra que dizia era como se dissesse para cada um, em particular. Alternava as nuances de seus poemas com a naturalidade de um ator veterano. A mímica e a expressão corporal eram perfeitas. O silêncio era tal, que suas palavras pareciam ecoar na curva do rio:

> Que eu sinta o cheiro da terra
> molhada da chuva em manga,
> sinta o gosto da pitanga
> no barrancão do pesqueiro
> e o canto do João-barreiro
> trazendo barro da sanga.

Meus olhos não tinham se desgrudado um segundo daquela figura rara, quando fui surpreendido pelos aplausos. Por mim, o ficaria vendo e ouvindo por muitas horas. Aquele homem, agora, era outro. Remoçara muitos anos e crescera dois palmos durante a declamação.

João Vargas desapareceu no meio dos abraços dos mais afoitos. Quando acalmou a onda, fui timidamente cumprimentá-lo. Ele me olhou com simpatia.

– Quem é tu, guri?
– Sou o Alcy, filho do major Cheuiche. Queria uma cópia do seu poema. Para declamar.
– Ah! Tu sabes declamar. Então vem comigo.

E, assim, sem mais cerimônias, levou-me para o lugar que há pouco ocupava e pediu silêncio. Nem sei direito mais o que disse, pois estava quase paralisado. Mas a verdade é que declamei ali, em público pela primeira vez, um verso meu.

Já na universidade, encontrei João Vargas morando em Porto Alegre. E aquele gaúcho que cursou apenas a escola da vida ensinou-me mais, naquele tempo, que muito professor graduado.

Um homem simples, rude e suave. Amigo leal, boêmio e sempre poeta.

Um poeta que nos deixou, entre tantos, um poema que deveria ser decorado em todas as escolas gaúchas. Um símbolo do nosso desprezo pelo arbítrio. Do nosso amor teimoso pela liberdade:

> Ninguém me toca por diante,
> tampouco não cabresteio,
> eu me empaco, me boleio,
> e não saio nem com sinuelo,
> tourito de outro pelo
> não berra no meu rodeio.

Mario Quintana

Carta aberta à Academia

Porto Alegre, 15 de dezembro de 1980.

Prezado senhor Austregésilo de Athayde:

Inicio esta carta pedindo-lhe perdão por entregá-la aberta. Se assim o faço, não é de medo de que seja jogada, sem leitura, à cesta de papéis. Seu prestígio de homem educado e culto impediria tal temor. Fique, porém, tranquilo com esta imperdoável falta de sigilo. Poucos brasileiros serão testemunhas do que lhe escrevo, por ser ínfima a parcela dos nossos patrícios em condições de comprar um jornal. De lê-lo, menor ainda. De interessar-se por algo alheio a seus negócios particulares, uns muito poucos. Assim sendo, preferi postar esta missiva no *Correio do Povo*, economizando a mim o selo e ao senhor o perigo de abrir um envelope, numa época de tantas cartas explosivas.

Mas vamos ao assunto que me faz deixar o doce anonimato desta manhã de sol. Trata-se da versão moderna de antiga fábula que se está repetindo às portas de vosso redil. Nesse local mágico, onde alguns carneiros e poucas ovelhas portam o velocino de ouro, um cordeiro tresmalhado quer entrar em busca de refúgio. Trata-se de um cordeiro legítimo, eu lhe asseguro, senhor de Athayde. Um raro espécime daquela raça que apenas sobrevive nele e nos quadros de Murilo. Um cordeiro que muito hesitou antes de aventurar-se em campo aberto, sabendo que os lobos vorazes de fama costumam rondar a entrada de vosso redil.

Entre nós, mortais, esse bicho tem nome e sobrenome e é reconhecido como poeta até pelos moleques de rua. O mago Erico Verissimo tinha uma maneira particular de admirá-lo e o chamava de *Anjo Malaquias*. Cecília Meireles não lhe viu as asas sob o paletó e despertou-lhe uma paixão humana. Manuel Bandeira não aceitou morrer sem conhecê-lo e desenhou seu nome num poema imortal. Como *Aprendiz de feiticeiro*, ele pode refugiar-se no avatar de muitas formas. Mas, para as almas sensíveis como a vossa, senhor de Athayde, não será difícil reconhecê-lo. Ele mora na *Rua dos Cataventos*, usa *Sapato florido* e traz debaixo do braço um tal de *Caderno H*. Quando tem fome ou sede, arranca qualquer página do caderno e a entrega ao primeiro que passar. Fala pouco e escreve muito, como esquece de fazer a maioria dos escritores. Às vezes, cansa de ser gente grande e sai por aí pulando como um saci no seu *Pé de pilão*. Ultimamente tem buscado refúgio nos *Esconderijos do tempo*, mas acreditamos que a Academia de Letras é o único lugar seguro que o possa abrigar.

O nosso poeta tem um defeito grave: ele é apenas poeta. Não carrega ao pescoço nenhum chocalho para atrair leitores ou eleitores. Não tem cargo público e foge das honrarias de gravata, farda ou batina. Seu partido não é de esquerda nem de direita. E sem marcas de propriedade ou sinais cabalísticos, nosso cordeiro só não será devorado pelos lobos, se as mãos da dignidade e da honra lhe abrirem as portas do redil. E essas mãos me parecem ser as suas, senhor de Athayde.

Dentro dos salões da Academia, nosso poeta não vai ocupar muito espaço. Viveu sempre num quartinho de hotel, tão singelo como o de Van Gogh. Seu apetite é moderado e ele se contentará com a menor fatia do bolo, na hora sagrada do chá. Mas de uma coisa eu lhe asseguro: nesta época de penúria energética, a casa terá grande economia de eletricidade. Por mais humilde o canto onde o poeta estiver, a Academia estará sempre inundada de luz.

Ficamos muito gratos por sua atenção, senhor de Athayde e pelos votos que conseguir para o nosso Mario Quintana. Ele é tão distraído que é bem capaz de esquecer de pedi-los durante as visitas protocolares. Como não irá, também, vos pedir a imortalidade. Segundo ele mesmo disse: "quem entra num poema não morre nunca mais".

Queira receber as mais sinceras homenagens deste seu constante admirador, obscuro escriba da Província de São Pedro do Rio Grande do Sul.

Dez mil e trezentas poesias

O Brasil tem três símbolos nacionais: a Bandeira, o Hino e a Petrobras. Mesmo aquele entreguista, capaz de rasgar a bandeira ou de ficar sentado aos acordes do hino verde e amarelo, vacilará em atacar de público a nossa empresa símbolo da soberania brasileira. No meu entender, "O petróleo é nosso" foi um grito tão histórico como "Independência ou Morte". E com a vantagem de ter sido bradado por um povo inteiro de pé e não por um único príncipe a cavalo.

A popularidade da Petrobras me vem à mente quando releio os poemas premiados no *Concurso Mario Quintana de Poesia*, agora reunidos em coletânea que irá encantar o Brasil. Um concurso organizado com a competência da Petrobras e com o aval do nosso poeta só poderia resultar nesta avalanche de concorrentes. Mar encapelado, do qual somente apenas algumas ondas chegaram à praia.

Foram 10.340 poesias assinadas por mais de dois mil poetas de todo o Brasil. Duvido que o famoso *Guinness*, o livro de recordes mundiais, tenha registrado um concurso literário com tal número de participantes. Agrupadas, as poesias concorrentes formaram um incrível monólito de um metro e meio de altura por quarenta centímetros de largura, pesando cem quilos em papel e algumas toneladas em sentimentos.

Coube à Regina Zilberman, ao Ruy Carlos Ostermann e a mim, a tarefa de desmanchar o pacotão de poemas para lê-los, atentamente, um a um. Foram três meses de trabalho que ocuparam todos os momentos de lazer de três gaúchos que não têm fama de desocupados. Nem de brigões. Pois se o fôssemos, até agora estaríamos discutindo a definição dos quatro primeiros lugares.

Entregues os prêmios à Norma, ao Álvaro, ao Mario Pirata e ao Geraldo, merecidamente alçados ao vértice da pirâmide de mais de dez mil poemas, cabe-me a honra, em nome dos três, de revelar dois pequenos segredos.

O primeiro é dirigido àqueles poucos que não entenderam o porquê da Petrobras patrocinar um concurso literário. Talvez com medo de que os organizadores, engenheiros Percy e Aspis, manchassem as páginas dos poemas com suas mãos negras de petróleo. A eles, aqui vai a revelação do primeiro segredo, há muito tempo conhecida de todo o povo brasileiro. Muito antes de se tornar realidade, a Petrobras teve um mentor intelectual, um exaltado profeta que até foi preso por defender as nossas riquezas em ouro negro. E não foi esse profeta nenhum geólogo ou engenheiro. Foi pura e simplesmente um escritor que atendia pelo nome, hoje consagrado, de Monteiro Lobato.

O segundo segredo se refere ao recado que nos deu Mario Quintana sobre esse concurso que levou seu nome. Como um velho navegador que orientasse três novos timoneiros, assim ele nos segredou antes de iniciarmos a triagem dos versos: "façam o favor de encontrar um poeta".

Acho que encontramos 35, amigo Mario. Embora, certamente, nos tenham escorregado alguns por entre os dedos e as mentes carregadas de emoção.

À SOMBRA DE UM IPÊ

À sombra de um ipê da Praça Getúlio Vargas, em Alegrete, uma pedra expõe a famosa placa em homenagem a Mario Quintana: *Um engano em bronze é um engano eterno.*

Mas essa frase é apenas um de seus *quintanares*. Mario assistiu à inauguração da placa, de mãos dadas com sua irmã, Marieta, num longínquo entardecer de 1968.

Naquela ocasião, a pedido do prefeito Adão Houayek, coube a mim falar em nome de seus conterrâneos. E lembrei a noite de 30 de julho de 1906, quando Alegrete recebeu a visita de Mercúrio.

O mensageiro do Olimpo desceu suavemente na Rua dos Cataventos, diante de uma janela iluminada pelo luar. Espiou para dentro do quarto onde dormia um menino recém-nascido. Os olhinhos azul-claros se abriram de imediato. Mercúrio sorriu, recolheu o bebê e com ele aninhado nos braços retornou ao Olimpo. Júpiter esperava imponente, cercado de muitos deuses. O mensageiro depositou-lhe o bebê aos pés. O deus maior correu o olhar em torno:

– Este menino será um grande entre os homens. Por que caminho o faremos chegar a seu destino?

Marte deu um passo a frente:

– Pelo caminho das armas.

Mercúrio discordou:

– O comércio é o melhor caminho.

Ceres o queria agricultor; Esculápio, médico. Mas a palavra final foi de Minerva:

– Ele já nasceu poeta.

Hermes devolveu o bebê à sua cidadezinha, antes que o primeiro galo acordasse a madrugada. E o menino Mario seguiu à risca o seu destino. Durante toda sua vida dedicou-se apenas à poesia. E escreveu nos bares (e nas mansões seculares) alguns dos mais lindos versos da Língua Portuguesa.

Entre eles, recordo um dos mais carregados de esperança:

> A bomba abriu um grande buraco no telhado/
> por onde o céu azul sorri aos sobreviventes.

No dia 16 de maio de 1994, nós, os sobreviventes, mesmo com os olhos marejados de lágrimas, não conseguimos ignorar o céu azul de Porto Alegre. Para onde, certamente, o nosso Mario já havia partido.

Getúlio Vargas

A vocação para o ofício de político é tão rara como a de jogador de futebol. Quem viu o gol quarentão do Pelé na sua mais recente despedida do futebol há de convir comigo. Desde guri ele joga aquela enormidade.

Getúlio Vargas foi assim na política. Oswaldo Aranha, Flores da Cunha e outros muito bons tentaram imitá-lo, como Rivelino e outros craques tentaram vestir a camisa 10 da seleção brasileira. Mas ambos os lugares continuam vagos, à espera de novas e imponderáveis conjunções genéticas.

Penso nisso ao aproveitar um fim de semana tranquilo para ler o ensaio *Vargas: Uma biografia política*, assinado por Hélio Silva e timbrado pela L&PM.

Em cada página do livro, escrito com a habitual maestria do médico/historiador (que escreve como quem disseca), ressalta-se a extraordinária vocação de Getúlio Vargas para a condução de homens e ideias. Pode-se até discordar, ter raiva dele em alguns momentos fatídicos (é só ler *Memórias do cárcere*, de Graciliano Ramos), mas sempre se acaba por admirá-lo no seu ofício.

Além do talento, Getúlio sabia esgrimir com a sorte. Fator que Napoleão considerava indispensável para qualquer candidato a líder. Sorte que fez aquela bola encobrir o goleiro da seleção da Liga Americana quando milhões de pessoas, do mundo inteiro, estavam de olho na velhice do Pelé. Extraordinária habilidade? Claro que sim. Mas ele poderia ter feito aquele gol de gênio numa pelada de praia e ninguém ficaria sabendo.

O gaúcho de São Borja foi hasteado ao poder por um movimento revolucionário único na América do Sul. Muitos ainda preferem confundir com uma quartelada aquela revolução nascida em Porto Alegre no dia 3 de outubro de 1930. Mas foi ali que o povo reatou o destino do Brasil de independência e grandeza, que a República Velha não soube herdar de Caxias e Dom Pedro II.

Vargas substituiu no poder o paulista Washington Luís, cuja falta de habilidade política era compensada (como nesses futebolistas duros de cintura) por uma teimosia e um preparo físico invejáveis. Para dar uma ideia do quadradismo do homem que governou o Brasil, no alto do pedestal tantas vezes negado a Rui Barbosa, basta transcrever (com Hélio Silva) o trecho de uma carta de João Neves da Fontoura a Borges de Medeiros, escrita em fins de 1928:

> O presidente Washington Luís não é um homem de recuos. Conversando comigo, disse certa vez que, antes de vir para o Rio de Janeiro, amigos lhe haviam ponderado não lhe ser possível expor-se, aqui, ao sol, como fazia em São Paulo. Visto que o clima era diferente, teria de mudar de hábitos. Ele então respondera: pois então o clima é que terá de mudar.

Getúlio Vargas era muito diferente. Para ilustrar sua capacidade de autocontrole, de conseguir manter a boca fechada no momento justo, vou narrar-lhes um fato ainda não publicado que ocorreu com o presidente e o jornalista Breno Caldas. O episódio me foi narrado pelo próprio dr. Breno, que dele retirou uma extraordinária experiência pessoal.

Corria a segunda metade do ano de 1937. Flores da Cunha governava o Rio Grande do Sul desde a Revolução de 30 e amealhara, naturalmente, descontentamentos na área política. Um expressivo número de deputados dissidentes do partido governista, liderados por Loureiro da Silva, engrossavam as hostes da oposição. Os boatos da queda iminente do general Flores fervilhavam na Rua da Praia, subindo seus ecos ao *Correio do Povo*, situado no mesmo lugar de agora.

Decidido a decifrá-los, o jovem Breno Caldas parte para Delfos a consultar o oráculo. Ou seja, embarca no avião da Varig para o Rio de Janeiro e pede uma audiência privada com Getúlio Vargas.

O presidente recebeu-me com grande amabilidade. Sorridente, o indefectível charuto ao alcance dos lábios, logo começou a sabatinar-me sobre a situação política gaúcha. Respondi a tudo na ponta da língua. Tracei-lhe um quadro atual e realista de tudo que se passava. Ele me ouvia atento e logo colocava outra pergunta. Quando pareceu satisfeito, criei coragem e desfechei-lhe a minha:
– Presidente, o senhor vai mesmo derrubar o general Flores?
Ele deu uma longa aspirada no charuto e deixou a fumaça fugir para o teto, acompanhando-a com um olho, enquanto o outro não se despregava de mim. Depois de alguns segundos em que pareceu mergulhado em total alheamento, perguntou-me delicadamente:
– Breno, como vai passando a tua mãe?

Poucos dias depois, pressionado pelas tropas de Daltro Filho, Flores da Cunha emigrava para Montevidéu. E Getúlio Vargas consolidava seu poder político para mais oito anos de governo.

Moacir Santana

Sua palavra fluía como um rio. Tinha remansos e cachoeiras. Falava da terra dos homens e se projetava no espaço infinito. Ele costumava dizer que era feliz por ter nascido no planeta Terra: "o único do sistema solar que esgota as nuances do azul, que sabe vestir todos os tons do verde, do vermelho e do amarelo".

Moacir Santana tinha a palavra colorida, o gesto oportuno, a postura calma e digna de um cidadão do mundo. O rio de sua vida recebera águas puras e poluídas. Decantada a poeira das desilusões, o filósofo/poeta nos oferecia apenas os pensamentos cristalinos. Não se perdia nunca na mediocridade do cotidiano. Se alguém vinha lhe falar mal de outro alguém, ele espantava o assunto como quem espanta uma mosca importuna. Seu mundo interior estava em constante erupção. Suas raízes profundas nutriam-lhe de seiva o pensamento e a palavra.

Nascido em São Gabriel, viveu quase toda sua vida em Santa Maria e Porto Alegre. Salvo dois anos no Paraguai, em missão diplomática, no governo de João Goulart. Mas caminhava facilmente por ruas que nunca conhecera, por cidades dos cinco continentes. Falava em Paris como se lá houvesse nascido. De Lisboa, conhecia até os becos de Alfama. Tinha nos olhos o azul do Mediterrâneo e amava a Ilha de Capri como somente Axel Munthe conseguiu amá-la. Este e outros escritores se agigantavam quando narrados por Moacir. E o mais humilde dos literatos nunca saiu de sua casa sem uma palavra de estímulo, sem um prefácio geralmente muito melhor do que a obra apresentada.

Conheci Moacir Santana na Feira do Livro de 1967. Apresentados por Mozart Pereira Soares, meu *guru* número um, conversamos longamente à sombra de um guapuruvu da Praça da Alfândega. Conversamos, não, ele conversou. Eu apenas ouvia embevecido o fluir das suas palavras. Feliz pelo fato de ele existir. De estar conhecendo uma joia verdadeira no meio de tantas imitações.

Alguns meses depois, o livro que eu autografara naquela feira, *O gato e a revolução*, foi processado pela ditadura. Moacir, que mal me conhecia, escreveu-me uma carta estimulante, onde sintetizava a época em que vivíamos de uma maneira magistral:

> Que maravilhoso recurso é a sátira quando os tempos se tornam nevoentos, quando a burrice se instala em algum lugar da Terra. Argumentar com a burrice quando ela tem força e poder? Seria outra burrice. O melhor é o recurso de Eça. Aquele das sete gargalhadas em torno da muralha, até que a muralha caia. Porque "O gato e a revolução" tem o gosto de uma gargalhada.

Ficamos amigos. Costumava visitá-lo em seu apartamento da Rua Tuiuty, principalmente ao entardecer. Ele me recebia sempre alegre e cercado de livros. Maria, a sua Maria dos poemas e da vida real, nos trazia dois cafezinhos e seu sorriso de mãe. Sem outro estímulo à sua eloquência, Moacir partia para *muito além da Taprobana* e me levava consigo, além de Camões, a conhecer versos de Florbela Espanca, trechos vibrantes de Stefan Zweig, imagens inesquecíveis de Raul de Leoni, diálogos das personagens de Romain Rolland, o pregador da força sem violência.

Às vezes, retirava manuscritos das gavetas atulhadas e lia trechos das suas próprias obras. Foi assim que conheci, em primeira mão, seu famoso ensaio sobre Judas, depois publicado no livro *A face de duas amarguras*. Pela narrativa ousada de Moacir, o homem de Iscaria renasce aos nossos olhos vestido de perdão. O mesmo perdão que o poeta sabia dar aos ignorantes, aos muito ricos, aos poderosos do momento.

Um dos livros mais importantes de Moacir Santana, *A nova cidade de Deus*, ensaio sobre as Missões Jesuíticas, foi premiado em Portugal e esquecido no Brasil. Esgotada a sua primeira edição, não mais nos foi devolvido. O mesmo ocorreu com *A face de duas amarguras*, sem que o escritor se deixasse amargurar.

Seu bálsamo era Maria, seus muitos filhos, a netinha que o adorava, os ouvintes que o exigiam. Ele falava e renascia. Era orador para fazer vibrar multidões ou encantar os amigos. Esse, o Moacir que emudeceu para sempre. O outro, o Moacir Santana escrito e publicado, ainda nos acompanhará com seus *Versos da ausência grande* e outros manuscritos que entregava aos amigos como quem entrega uma flor.

Novamente subimos encurvados a coxilha do São Miguel e Almas, Dante de Laytano e Antônio Carlos Ribeiro são os primeiros amigos com quem reparto a minha dor. Na capela C repousa o corpo de Moacir Santana. Ao lado dele, serena como quem soube amar e compreender o poeta, a sua Maria. A Maria que lhe deu filhos e acalanto. A Maria que publicou teimosamente seu último livro, quando a doença já enevoava a mente do escritor. A Maria que ainda não acredita na morte do seu amado. Do moço bonito de Santa Maria que lhe escrevia versos. Do seu companheiro de toda a vida que expirou ao amanhecer.

Um personagem de Cyro Martins

> *O escritor Cyro Martins patenteou na ficção rio-grandense o gaúcho a pé, o deserdado da terra que marca um dos momentos altos do romance social no Rio Grande do Sul. João Guedes, personagem do romance* Porteira Fechada, *arrendatário obrigado a trocar a meia quadra de campo por um barraco na periferia da cidade de Boa Ventura (inspirada em Quaraí, onde nasceu o autor), é uma das encarnações desse protótipo a quem Cyro Martins dedicou uma trilogia. Guedes é aqui abordado em um texto de ficção de Alcy Cheuiche na série "20 personagens da Literatura Gaúcha do século XX".*
>
> (Zero Hora, Cultura, *sábado, 12 de junho de 1999.)*

O homem deu mais uns passos e chegou na esquina. Uma estrela cadente deslizou repentina no céu. Um galo cantou. Cachorros latiam. Os cachorros estavam sempre latindo em Boa Ventura. Cidadezinha triste, envelhecida, situada nos confins da fronteira do Brasil com o Uruguai. João Guedes, se chamava o homem. Um dos muitos desempregados do frigorífico. Quase quatrocentos, no total. Um número colossal para o tamanho da cidade.

João Guedes baixou os olhos para os pés e abafou um palavrão. O velho Lelo nunca o deixara dizer nomes feios. Mas aquele maldito chinelo de dedo rebentara outra vez. Também, desde que soubera da desgraça ("não diz desgraça, desgraçado, não agoura o teu pai"), João saíra a pé do acampamento dos sem-terra e caminhara seis léguas quase sem parar. Seis léguas. Isso era linguagem de velho. Trinta e seis quilômetros pela beira da estrada de terra. Sem coragem de atalhar pelos campos. Os fazendeiros sempre desconfiaram do gaúcho a pé. Andarilhos. Vagabundos. Ladrões de ovelha. E o rosto de João ficou quente como se tivesse levado outra bofetada.

O homem barbudo agachou-se na esquina, ao lado da cruz de ferro, e mediu o estrago do chinelo de borracha. A alça rasgara completamente. O pedaço de arame que torcera por baixo da sola não servia mais para nada. João Guedes segurou o chinelo na mão direita e teve vontade de atirá-lo longe. Olhou para a cruz e arrepiou-se. Desde pequeno, quando passava à noite por ali, sentia medo. Era a cruz do assassinado. Um jornalista que ousara desafiar o Coronel Ramiro, no tempo das revoluções. João conhecia a história pelo pai, e o nome do homem estava escrito na placa da rua: Doutor Alcides Viana. O assassino mandado, um tal de Fagundes, diz que morreu louco num hospício de Porto Alegre. A noiva do jornalista, a dona Clara, mesmo depois de casada com outro, vinha todos os anos, no dia da morte, botar flores naquela cruz. Vinha no trem do Alegrete e voltava no mesmo dia. O velho Lelo era ferroviário e ficava cuidando a chegada da mulher. Era jasmim que ela botava na cruz. Uma flor cheirosa, de noivado.

João ergueu-se ao lado da cruz e enfiou o chinelo no bolso apertado da calça de brim. Ajeitou o boné sobre os olhos e seguiu caminhando, meio rengo, sentindo no pé esquerdo a aspereza da calçada. Mas a culpa é minha. Desde que entrei na cidade, estou remanchando para não chegar na casa do velho. E se a notícia não é verdade? E se foi inventada só pra eu sair do acampamento? Essa gente que manda em Boa Ventura é sempre a mesma. O prefeito, o Doutor Ramirinho, é neto do mandante do crime. Herdou uma légua de campo e botou tudo fora no jogo e no rabo das chinas. Nem sei quanto é uma légua de campo... Mas, pelo que o povo diz, dava pra assentar umas mil famílias de colonos. Só que uns gringos da serra compraram tudo para plantar arroz e soja. E quebraram logo, depois de duas enchentes, eles e a tal fábrica de óleo vegetal. Tem caveira de burro enterrada em Boa Ventura. De burro, não, caveira de gente. Muita caveira de gente, até a do meu avô. Mas o Ramirinho conseguiu ser nomeado prefeito na ditadura e ficou rico de novo. Rico para se eleger deputado e, no ano passado, prefeito outra vez. Mas não tirou um real do bolso para salvar o frigorífico. Dizem até que foi ele que ajudou a quebrar.

Perto dos trilhos da ferrovia, João Guedes estacou novamente, o coração batendo forte. As pernas já iam dobrar outra esquina, quando viu o carro da polícia parado na frente da estação abandonada. Sofreu um choque que lhe sacudiu o corpo todo. Um auto da Brigada. Na certa estão esperando por mim. E logo viu tudo escuro diante de si. A cadeia de novo. As surras durante a noite. O Doutor Hélio Bica, com a metade da cara repuxada por um derrame, gritando com voz esganiçada:

– Vagabundo! Só pode ser tu que roubou a ovelha do meu campo. Fruta podre cai no lado do pé.

E espumando pela boca torta:

– Teu avô era ladrão de ovelha. Morreu com um tiro na cara. Um tiro de 44. E tu tem o mesmo nome daquele sem-vergonha!

Aí ele avançou e deu-lhe um tapa na cara com a mão suada e fraca. Só doeu pela vergonha. Mas parece que doeu mais.

Espiando da esquina, o coração aos corcovos, João pensou em fugir para o Uruguai. Bastaria recuar devagarinho e pender para a direita, sem correr, sem se afobar. Outra frase do velho Lelo veio clarear-lhe a cabeça. "Seria como pular da panela para dentro do fogo." Se a polícia uruguaia me pega, me traz preso para cá. Eles também têm medo dos sem-terra. E de qualquer jeito, depois de saber do velho, eu tenho que voltar. E viu a barraca de lona preta com a mulher e os filhos dentro. Enxergou, como se visse do alto, o acampamento comprido, amontoado num lado da estrada. Metade dos desempregados do frigorífico estava lá. Dois anos e três meses de vida de cigano. Cada carro que passava de noite era uma ameaça de morte. Era fácil de dar uns tiros nas barracas e fugir. No princípio, queixaram-se na delegacia. Uma vez até interromperam a estrada, com ajuda dos padres e de dois deputados de Porto Alegre. A criança morta foi enterrada com muitos discursos. Mas ninguém prendeu o Júlio Bica, filho do Doutor Hélio, que todo mundo sabia que dava tiro nas barracas.

João Guedes não saberia dizer quanto tempo ficou ali parado. Até que ouviu roncar o motor do carro e brilharem as luzes vermelhas na escuridão. Os cachorros continuavam a acoar com insistência, um deles por detrás do muro às suas costas. O auto da Brigada se foi na direção da aduana uruguaia. O desempregado ainda ficou alguns momentos espreitando da esquina e depois decidiu-se. Tirou o chinelo do pé direito e colocou-o no outro bolso lateral da calça. De pés descalços, seria mais fácil se tivesse que correr. Mas não estava longe da casinha do velho. Era só atravessar o pátio da estação ferroviária e seguir pelos trilhos na direção do rio. Todo mundo dizia trilhos pela força do hábito. Há muitos anos não se ouvia apito de trem em Boa Ventura. Por onde antes passavam os trens de gado e passageiros, ficara uma rua calombuda e curva, com as casinhas dos ferroviários apodrecendo dos dois lados.

 João puxou o boné bico de pato para junto dos olhos e passou por dentro da estação abandonada. Quando pequeno, vinha todos os dias assistir à chegada e à saída dos trens. A plataforma deserta povoou-se na sua mente com os viajantes em movimento. Com os vendedores de laranjas e rapadurinhas, seus companheiros de biscates. Com os carregadores suarentos. E com o chefe da estação, gordo e imponente, cujo quepe vermelho lhe dava ares de milico graduado.

 O velho Lelo era um modesto tuco, um consertador da estrada de ferro. Mas o filho se orgulhava da profissão do pai. E muitas vezes saíra com ele no carrinho com rodas de trem, que os operários faziam andar com a força dos pés. Quando a ferrovia quebrou e os trilhos foram arrancados, João já era mocito, mas chorou como uma criança. O velho Lelo também ficou abichornado por muitos dias e voltou a fumar. Uma desgraça em cima da outra. O câncer no pulmão apareceu na chapa quase ao mesmo tempo em que o frigorífico fechou. O velho fez tratamento na Santa Casa, em Porto Alegre, enquanto tiveram dinheiro para pagar a passagem de ida e volta no ônibus. Depois não foi mais. E agora talvez estivesse morto, que Deus o livre, e eu aqui louco de medo de ser preso ao chegar na casa dele. E tudo por causa de uma ovelha que o meu avô roubou, sabe lá Deus há quantos anos, para os filhos não passarem fome.

Escondido atrás de uma árvore do pátio, com trilhos velhos cravados como estacas, João Guedes respirou finalmente em paz. Cheiro bom de horta cuidada. Acariciando a cabeça do cachorro Amigo, ficou bombeando o silêncio na casinha do pai. Durante a caminhada, desde o acampamento montado na divisa da Estância dos Salsos, vinha imaginando o velório. O povo amontoado na salinha estreita em volta do caixão. As velas alumiando a cara branca do morto. A tia Picucha, toda de preto, arrinconada num canto. O vozerio dos borrachos que sempre aparecem em velório de pobre. E ele sem poder contar ao pai a notícia que Lelo Guedes esperara toda a vida, desde que a família fora expulsa daquela estância.

O seu Bentinho, dono da Estância dos Salsos, se enforcara de vergonha e o agiota Júlio Bica tomara conta de tudo, deixando apenas no campo a marca das taperas. Correra uma cerca de arame de sete fios e mandara botar no corredor uma porteira grande, toda de madeira de lei. O velho Lelo tinha doze anos quando a família foi expulsa e quinze quando o pai apareceu morto, o rosto escangalhado por um tiro de 44. A polícia nunca descobriu o criminoso. E aquela porteira, sempre com corrente e cadeado grande, era o símbolo de toda a desgraça da família.

João Guedes respirou fundo e sorriu. Tinha conseguido chegar na casa do pai sem que a polícia visse. Ia contar tudo ao velho. Na noite de amanhã, nós vamos invadir a Estância dos Bica, abrir aquela porteira junto com a nossa gente. Um advogado veio de Porto Alegre e nos contou tudo. A fazenda não produz quase nada e foi desapropriada pelo INCRA. Era melhor que os desempregados do frigorífico ocupassem tudo, antes que viessem outros de mais longe. E o chefe do acampamento prometera que ele, João Guedes, iria abrir a porteira. Ele que tinha levado o tapa na cara. Ele que tinha o nome do avô.

Na primeira batida leve na porta, ouviu barulho dentro da casa. Um ruído sincopado, de quem pedala uma máquina de costura. É a tia Picucha com a máquina da vovó Maria José. Uma batida mais forte e ouviu barulho de chinelos arrastados no chão. Uma luz por debaixo da porta. A fresta precavida e o rosto enrugado da tia que olhava desapontada.

– O que é que te deu, menino? Onde é que tu andava? Te esperamo até quase noite, despois tivemo que enterrá o Lelo. Onde é que tu te meteu?

João Guedes ficou olhando a tia vestida de preto e vendo o coveiro ajeitando a sepultura, alisando a terra fofa com o dorso da pá. E foi crescendo diante dos seus olhos enuviados uma grande porteira. Uma porteira fechada, com corrente e cadeado enferrujados, roída de cupins.

Três mulheres mágicas

Cheguei a Paris, como estudante, na ocasião da morte de Edith Piaf. Ainda deslumbrado com a beleza da cidade, faltava-me vivência para entender-lhe a alma. Recordo, porém, dos mil rostos da cantora na televisão, da sua voz poderosa que se ouvia em todos os bistrôs, em todos os lugares. Naquela cidade universal, acalanto de visitantes e refugiados de todas as pátrias, a morte de Edith Piaf ganhava incrível dimensão. E Paris chorava a sua menina que foi cega e recuperou a visão. Que foi prostituta e purificou o povo com seu canto. A mágica Edith Giovanna Gassion que, entre outras diabruras e encantamentos, revelara ao sucesso dois desconhecidos que viriam a ser Yves Montand e Charles Aznavour.

Outubro de 1963. Morria Edith Piaf. De Gaulle comandava a França e sonhava com a Europa unificada. O assassinato de Kennedy já fora decidido. No Brasil, Jango vivia os últimos meses de seu governo. Em Porto Alegre, o Theatro São Pedro funcionava normalmente.

É estranho. Em vinte anos de ditadura militar, de desrespeito à liberdade, à justiça, ao direito de discordar do absolutismo, o poder desarmado da cultura sofreu perdas irreparáveis. Por dez anos, o Theatro São Pedro esteve mudo, fechado, lacrado, amordaçado. Sua ressurreição é mais um sintoma da liberdade que nos chega aos poucos. Ressurreição mágica feita pelas mãos de Eva Sopher. Cada detalhe dessa nova vida tem o sopro de Eva. Em todos os lugares do teatro estão as impressões digitais dessa grande mulher.

Entremos no teatro. *Porque hoje é sábado*. Cambistas nos atropelam até a porta. No saguão, o povo olha avidamente todos os detalhes. Olhares de namorado, olhares de proprietário. Os mais jovens se surpreendem com o recheio saboroso do prédio. Construído num tempo em que se investia largamente em cultura. Tempo em que o casario baixo deixava ver daqui o rio Guaíba e seus veleiros. Tempo dos grandes bigodes e do hábito de honrar cada um dos seus fios.

Subamos as escadas. Placas de bronze recordam velhos feitos teatrais. Um piano de cauda domina o *foyer*. Quadros de Di Cavalcanti, Glauco Rodrigues, Scliar, embelezam as paredes. Aberta a porta do camarote, o interior do teatro lembra uma miniatura da Ópera de Paris. Piscamos para o imenso lustre e ficamos a contemplar o público que lota plateia e galerias. O primeiro público depois de dez anos de silêncio.

Apagam-se as luzes. Durante duas horas, vivemos a maior interpretação da carreira de Bibi, a filha do grande Procópio Ferreira. O avatar de Bibi é Piaf. De forma tão absoluta, tão convincente, como se estivesse em outro corpo a alma errante da cantora imortal. Emocionado até as lágrimas, revejo Paris no dia da morte de Edith Piaf. E entendo afinal toda a mágoa da cidade que a perdeu.

Eva Sopher, Edith Piaf, Bibi Ferreira. Três mulheres mágicas reunidas num único corpo. O corpo do Theatro São Pedro que acaba de ressuscitar.

IRMÃO ELVO CLEMENTE:
ADEUS A UM HOMEM BOM

Foi à missa, tomou café normalmente e depois morreu. Tranquilo e sereno, seguiu no rumo do céu.

Assim se poderia deixar em duas frases o nosso adeus a um homem bom. Um homem que nos recorda, no apogeu de tantos homens maus, os versos de Bilac para a língua portuguesa: "ouro nativo que da ganga impura, a bruta mina entre os cascalhos vela".

Perdemos o Irmão Elvo Clemente na manhã de 19 de setembro de 2007 e o estamos enterrando hoje, no dia do gaúcho, no cemitério do Centro Educacional Marista de Viamão, cidade que os farroupilhas chamavam de Setembrina. Vai descansar na mesma terra em que morreu o grande amigo de Garibaldi, Luigi Rossetti, outro intelectual italiano que escolheu o Rio Grande do Sul como querência.

Nascido em Maróstica, Itália, em 1921, seu nome do registro civil era Antônio João Silvestre Mottin. Mas adotou junto com o Brasil o nome de irmão marista e com ele ganhou enorme respeito e carinho de seus contemporâneos.

O Irmão Elvo Clemente foi um homem de muitos amores. O maior deles, sem nenhuma dúvida, a religião católica, o culto a Nossa Senhora, na tranquilidade de sua maravilhosa fé. Despido de qualquer sectarismo, convivia com crentes e descrentes com a mesma ternura. Depois da religião, e junto com ela, a literatura foi outra grande paixão. Doutor em Letras Clássicas e professor titular da Faculdade de Letras da PUCRS, deixou sua marca em milhares de alunos, em centenas de artigos, em dezenas de livros. Convivia com os autores clássicos como se os houvesse conhecido pessoalmente, emocionando-se ao citar trechos de antigos pensamentos, de velhos poemas. Estimulava os autores jovens e não disputava espaço cultural com ninguém, recebendo as honras como encargos, cumprindo todas suas tarefas com o zelo de um missionário. Meu Deus, como poucos seres humanos são assim!

Membro da Academia Rio-Grandense de Letras há muitas décadas, morreu, aos 86 anos, no exercício da presidência. E essa entidade, fundada em 1901, foi outro dos seus grandes amores. Cuidava dela como se fosse um bem muito raro e sempre a colocava em primeiro lugar na repartição do seu tempo de trabalho. E para nós, seus colegas, dedicava o carinho especial reservado aos irmãos.

O irmão Elvo foi à missa, tomou café normalmente e morreu. Tranquilo e sereno seguiu no rumo do céu. Foi-lhe poupado o sofrimento da agonia. A dor de sua ausência vamos ter que repartir entre nós.

PARTE II:

GENTE DE OUTRAS TERRAS

Malraux e De Gaulle

> *Oh! Quel farouche bruit*
> *Font dans le crépuscule*
> *Les chênes qu'on abat*
> *Pour le bûcher d'Hercule.*
> Victor Hugo

A primeira vez que estive diante do Partenon de Atenas, tirei o chapéu sem me dar conta. O mesmo tenho vontade de fazer agora, ao terminar a leitura de *Les chênes qu'on abat...*, obra derradeira de André Malraux, cujo título, em tradução livre, significa: *Os carvalhos que tombam...*

O livro descreve a última visita do escritor ao General De Gaulle. O herói da libertação da França, então com 80 anos e afastado do poder, vivia como eremita em Colombey-les-Deux-Églises, sua cidadezinha natal. Era inverno e a neve caía mansamente sobre os telhados e caminhos.

Passados muitos anos dos fatos ocorridos naquele dia, mortos ambos os personagens do livro, podemos ler a obra como uma fábula. A história de dois homens que chegaram ao alto da montanha e de lá contemplam o vale da vida. Juntos pela última vez, o ex-presidente e seu antigo ministro da Cultura recordam o passado e procuram adivinhar o futuro. Conscientes de que não mais subirão ao palco do poder político, repassam os principais atos e atores que marcaram o século XX. Stálin, Hitler, Churchill, Kennedy, Mao Tse Tung são analisados e decifrados com nostalgia. O diálogo é como um vinho velho cujo sabor está no líquido e na garrafa empoeirada.

De Gaulle foi um dos poucos estadistas do século passado capaz de atrair multidões dos cinco continentes. Símbolo da luta universal contra o nazismo, uma das suas respostas a Malraux define a íntima capacidade de rir de si mesmo:

– Por que fui tão aplaudido nos países de cultura espanhola? Talvez pela minha semelhança física e espiritual com Dom Quixote.

Mas, na verdade, ele não viveu como um sonhador. Homem de ação, não se preocupou em elaborar teorias políticas, mas, sim, em colocá-las em prática. Por essa razão, não existe mais o gaulismo sem De Gaulle. E talvez François Mitterrand, que foi por ele derrotado nas eleições de 1965, tenha sido o mais legítimo herdeiro do velho general. Um presidente que lutou por um sistema mais humano do que o capitalismo e menos ditatorial que o comunismo. O que De Gaulle sempre buscou, sendo combatido por ambas as extremas.

André Malraux recolheu alguns pensamentos e opiniões de De Gaulle que falam por si mesmos:

> "A coragem consiste em ignorar o perigo."
>
> "A vida não se resume em trabalhar. Apenas trabalhar nos deixa malucos."
>
> "Kennedy falou-me de Lincoln de uma forma que me impressionou. Ele esperava imitá-lo na vida, mas só o imitou na morte."
>
> "Che Guevara? Parece um personagem de romance."
>
> "Dizem que eu fui um ditador. Mas quando se ouviu falar de um ditador que se elegia por voto direto e secreto e se deixava atacar pela imprensa?"
>
> "Os franceses sempre hesitaram entre seu desejo de privilégios e seu gosto pela igualdade. Mas o meu maior adversário, e também o da França, nunca deixou de ser o dinheiro."
>
> "Buscar a felicidade sem agir é uma tarefa de imbecis."

Já no fim do encontro, por incrível que pareça, De Gaulle afirmou a Malraux: "O próximo milênio será do Terceiro Mundo, em especial da América Latina".

No final do livro, o romancista André Malraux afirma que De Gaulle, para sua surpresa, ainda era um homem cheio de esperança. E citando Sócrates, define a fonte dessa esperança: "De que te serve, Sócrates, aprender a tocar essa lira sabendo que vais morrer? Para tocar a lira antes de morrer".

MARGUERITE YOURCENAR

Foi em meio a um silêncio quase religioso que o secretário perpétuo da *Academie Française* anunciou a novidade que alteraria uma tradição de alguns séculos. Marguerite Crayencour, conhecida na literatura pelo pseudônimo de Marguerite Yourcenar, fora eleita para ocupar a cadeira de Roger Caillois. E maior surpresa ainda, eleita no primeiro turno da votação. Depois de 345 anos de existência, o mais fechado *clube* masculino do mundo abria suas portas para uma mulher.

Para quem leu o livro de Jorge Amado, *Farda, fardão, camisola de dormir*, é fácil imaginar o quanto de conspiração, de intriga e mesmo de chantagem deve ter ocorrido nos últimos dois anos. Isto é, desde o momento em que o acadêmico Jean d'Ormesson desencadeou, dentro e fora da Academia, uma campanha em favor da escritora franco-americana. Cochicham as boas línguas que a decisão final veio de Giscard d'Estaing, o presidente da República.

A escritora nascida na Bélgica, de pai francês, imigrou para os Estados Unidos em 1940 e adotou a cidadania americana. Quis o presidente recordar aos russos que a França, desde os tempos de Lafayette, tem laços fortes com os Estados Unidos? Ou quis apenas levantar a cúpula da Academia, como quem tira um chapéu, diante do talento das mulheres? No ano que vem, a França elegerá um novo presidente ou se consolará em ficar com o mesmo? A derrota de Marguerite Yourcenar na Academia poderia ser, sem dúvida, uma péssima política em relação ao futuro voto das francesas.

Seja o que for que influenciou na escolha, Marguerite Yourcenar, como Rachel de Queiroz, no Brasil, chegou à Academia de Letras por seus próprios méritos. Méritos literários que, infelizmente, faltam para a maioria dos outros 39 medalhões que tiritam sob a vetusta *coupole* da margem esquerda do Sena. Tanto isso é verdade que um tal de Michel Droit, romancista insípido e medíocre, foi eleito no mesmo dia que Marguerite para ocupar outra vaga da Academia. E uma lista organizada, em 1939, por Henry Bellamy dá nome aos bois. Isto é, dá o nome dos acadêmicos até aquela data eleitos sem nunca terem escrito nada. São 68 os ditos-cujos que, pelo menos, não podem ser acusados de maus escritores, como Michel Droit.

Haja ou não necessidade de politicagem, safadeza e bajulação para se entrar na *Academie Française*. Seja ela ou não um símbolo arcaico de uma época de rapapés. Tenha ela, com ou sem razão, preterido cérebros como os de Molière, Rousseau, Dumas, Baudelaire, Maupassant, Verlaine, Daudet, Camus, Sartre, por microcéfalos anônimos e esquecidos pela posteridade. Mesmo todos esses fatos conscientemente considerados, a verdade é que a instituição tem três séculos e meio de existência e representa o mais antigo e venerado templo da literatura universal. E tanto isso é verdade que toda a imprensa francesa, da extrema direita à extrema esquerda, preocupou-se com a eleição de Marguerite Yourcenar. E, malgrado o cheiro de mofo que nos vem da Academia, todos os franceses se congratularam em para lá enviar uma mulher digna de respirar o ar puro do Parnaso.

Aliás, toda a literatura de Marguerite Yourcenar está impregnada de influência helênica. Já em 1932, escrevia um ensaio sobre Píndaro e, em 1979, publicava *A coroa e a lira* em homenagem à poesia grega antiga. Seu melhor romance, *Memórias de Adriano*, e o não menos famoso *Electra ou a queda das máscaras*, são narrativas que glorificam a cultura greco-latina e seu humanismo. A imprensa parisiense acaba de publicar integralmente *Mitologia*, artigo aparecido pela primeira vez numa revista de exilados franceses em Buenos Aires (1944). Desse artigo traduzimos dois trechos bem reveladores de sua paixão pela Grécia:

> Mesmo quando essa influência não se efetua de maneira direta, ela existe, assim mesmo, como uma camada de água subterrânea onde se abeberaram nossos antepassados. O leitor talvez

não saiba que Tolstói, ao escrever *Guerra e paz*, tinha a *Ilíada* na mesa de cabeceira. Mas o menos sutil entre nós sente que Bolskonski é um avatar de Heitor. Sob um outro ponto de vista, a história galante dos deuses gregos, durante a erudição claustral da Idade Média e a fantasia individual do Renascimento, contribuiu para manter quase intactos os elementos eróticos da nossa cultura.

Os surrealistas, que construíram no fundo do oceano do sonho um universo tão pessoal como um escafandro, reencontraram a Grécia pelo complexo de Édipo. Essa mesma Grécia infantil, cujas deusas parecem amas de leite junto às praias azuis de um domingo mediterrâneo, serviu a Picasso para exprimir exatamente o contrário do sonho voluptuoso de Tintoretto. Em cada um desses universos, um poeta se amotina, nadador que encontra no fundo de si mesmo as divindades submersas. Cada um de nós entra nesse universo como pode, por acidente ou por privilégio. André Chénier faz parte dele por nascimento, como por seus *Idílios*. A Imperatriz da Áustria ali chega por suas vilegiaturas de verão. Byron e Rupert Brooke entram na Grécia pela porta da morte.

Segundo o crítico Robert Kanters, Marguerite Yourcenar "é uma humanista atenta à qualidade da vida e à riqueza da condição humana. Seja nos seus curtos romances de juventude ou nas grandes sínteses de sua maturidade, ela luta sempre pelo maior e mais livre desabrochar do ser humano universal. E mesmo os que a queiram considerar individualista ou abstrata, não podem negar sua posição nítida contra os regimes políticos tirânicos".

A primeira imagem corporal que tivemos da romancista nos veio via satélite do seu refúgio insular no nordeste dos Estados Unidos. Vestida de negro como as camponesas gregas. Um rosto redondo esculpido em feições enérgicas. O sorriso que ilumina o olhar antes do rosto. Aos 76 anos, guarda um vigor físico e mental que nos promete novas surpresas literárias.

A entrevista da televisão francesa foi conduzida por um repórter mal preparado culturalmente. Houve momentos em que procurava as unhas para roer e, na minha mente, eu confundia

Yourcenar com Dona Benta ensinando aos netos como penetrar no mundo mágico das letras. Mesmo assim, sobraram algumas frases esparsas que nos informam melhor sobre o pensamento íntimo da escritora:

> "Minha personalidade, como a minha casa, está sempre aberta como um moinho."
> "Você repete várias vezes ao dia, no seu foro interior, que você é um homem? Pois eu também não o faço como mulher. Nós ambos somos apenas seres humanos."
> "Muitas vezes desperto pela manhã preocupada com as pessoas e animais que possam ter passado uma noite má."
> "Só tomarei posse na Academia sem bicorne, casaca, espada e bater de tambores."
> "Se eu pudesse viver de novo, faria as mesmas coisas e cometeria os mesmos erros."

E, para encerrar, esta maravilha que poderia ter sido escrita pelo nosso Mario Quintana:

> "Sempre que recebo uma carta dizendo que admiro muito a senhora, mas nunca li seus livros, eu suspendo a leitura no mas."

Jean-Paul Sartre

Manhã fria de primavera. Voltando das férias de Páscoa, encontro Paris coberta de folhas verdes. Mas nem a ressurreição dos *marronniers*, nem o sol já menos tímido escondem a sensação de tristeza e de vazio. O bairro de Montparnasse, onde moro, perdeu seu maior símbolo vivo. Paris, a França, a Europa, todo o planeta ficou mais débil, mais mudo, menos inteligente.

Jean-Paul Sartre não será mais visto e apontado com orgulho nas passeatas reivindicatórias dos direitos humanos. Sua assinatura não mais encabeçará as listas que acusam a negligência dos poderes públicos, a corrupção, o racismo, a prepotência dos poderosos sobre as ideias de liberdade e a liberdade de lutar por elas. Seu perfil discreto não mais será percebido através dos vidros embaçados do velho *bistrot La Coupole*, onde partilhou sua mesa com idealistas banidos dos cinco continentes.

Esta tarde seu corpo foi levado pelas ruas de Paris por uma multidão silenciosa. Sem discursos nem honrarias, como foi seu desejo, repousará no cemitério de Montparnasse, não longe do poeta Baudelaire. Infelizmente, nada impedirá os guias turísticos de papaguear futuramente diante do seu túmulo, como ninguém pôde impedir que o presidente Giscard manifestasse seu pesar pela morte do escritor. A morte dos grandes homens tem o defeito de nivelar as opiniões, mesmo dos inimigos. Muitos inimigos no caso de Sartre, acusado, ainda há pouco, de *corruptor da juventude* e *antipatriota*. Sua obra monumental de romancista, ensaísta, teatrólogo não poderá jamais substituir o homem. Esse *homem espora* sempre pronto a perturbar a consciência dos acomodados e a impunidade dos eternos defensores dos privilégios do Estado e do governo contra os direitos do cidadão comum.

Sartre viveu como um homem simples. As vezes em que o vi na rua trajava sempre um terno velho e folgado. Parece que a mudança das estações só atingia seu guarda-roupa no repouso estival da velha manta e do boné de lã. Era de pequena estatura, usava óculos de lentes grossas e nem em jovem deve ter sido atraente. Símbolo de uma geração de artistas apelidada de *existencialista*, ele confessou a Hemingway desconhecer o significado do termo. Sua vida de eremita participante de greves e manifestos populares só foi realmente partilhada por Simone de Beauvoir. Mesmo assim, nunca se casaram. Entidades poderosas demais, talvez, para cederem a essa exigência burguesa, parece que se amaram até o fim. Simone confessou, uma vez, ter pedido a ele que nunca a deixasse só. Talvez uma das poucas promessas que o escritor não conseguiu cumprir.

Muito ainda se falará de Sartre depois de sua morte. A estratégia de *marketing* arrancará novas e custosas edições de seus livros em muitos idiomas. Os oportunistas citarão impunes as suas frases de efeito, decoradas na véspera. Os castanheiros do cemitério de Montparnasse verão passar muitos homens e mulheres na romaria nova ao seu último descanso. Amigos serão entrevistados pela televisão e contarão pequenos segredos, fomentarão anedotários e mitologias. Os currículos universitários darão mais espaço para a obra do autor. A mudança para pior, o vazio imenso, só os sentirão Simone de Beauvoir e os injustiçados dos cinco continentes.

Para mim, Sartre brilhou em toda sua plenitude no dia em que se recusou a aceitar o Prêmio Nobel de Literatura. Enquanto escritores célebres do mundo inteiro lambem botas para sonhar com ele, Sartre recusou o prêmio, com seu volumoso cheque anexo, porque não queria ser um escritor rotulado, catalogado, à disposição num escrínio ou numa prateleira.

Acusado de desprezar, por orgulho, a maior honraria do mundo civilizado, sua estrela continuou a brilhar na noite escura da mediocridade. Até esta semana, quando a morte correu os dedos sobre seus olhos míopes.

Ernest Hemingway

A mais recente obra sobre Josef Stálin revela que o ditador soviético era admirador de Hemingway. O mesmo acontece com Fidel Castro, embora o escritor tenha sido a antítese de um comunista. Em lugar de procurar ilações entre esses três personagens, o certo é acreditar no bom gosto literário de Stálin e Fidel, como outros milhões de leitores que continuam fiéis a Ernest Hemingway quase meio século depois de sua morte. A principal razão, além do inegável talento, está numa resposta que o escritor deu a seu amigo Hotchner, autor da biografia *Papa Hemingway*: "Hotch, se você quer ser escritor, precisa viver os seus verdadeiros livros".

Basta passar uma semana de 7 a 14 de julho em Pamplona para encontrar, na sua essência, o cenário de *O sol também se levanta*. É claro que o conhecimento profundo de touradas e toureiros foi fundamental para a redação do seu primeiro romance. Contudo, o que Hemingway viveu e transmite com maestria é, principalmente, o clima psicológico da chamada *geração perdida* na época seguinte à Primeira Guerra Mundial. Para isso, arriscou sua vida participando do conflito na Itália (gênese do livro *Adeus às armas*) e teve a coragem de abandonar o jornalismo e viver quase na miséria para escrever como profissional (experiência relatada em *Paris é uma festa*).

Interessante, para quem conhece a obra de Hemingway, é verificar como determinados temas chamaram sua atenção ainda na juventude para, depois, com a maturidade, se transformarem em obras-primas. O melhor de todos os exemplos é o livro *O velho e o mar*, que nasceu de uma crônica escrita na costa espanhola, em 1917 (e publicada no *Toronto Star*), sobre um peixe tão grande que arrastava o pequeno barco do pescador. Trinta e cinco anos depois, adaptada para Cuba, onde Hemingway aprendeu a conhecer de verdade o mar, os peixes e os velhos pescadores, a novela foi definitiva para a conquista do Prêmio Nobel de Literatura.

Como contista, Ernest Hemingway atinge seu auge em *A feliz curta vida de Francis Maccomber*, uma narrativa adaptada às suas caçadas na África. Ali, o americano contradiz os críticos que o consideravam superficial. A intensidade do drama psicológico é apresentada em um quadro de tal velocidade, entre os tiros, o cheiro acre e os urros dos leões, que o leitor perde o fôlego, como se realmente estivesse participando da ação. Porém, depois que a poeira volta a se acumular no chão, que o sangue para de correr, o que sobra em nossa memória é o conflito da alma humana.

Hemingway revelou que seus romances foram contos que se espicharam muito e mudaram de rótulo. Essa definição é excelente para revelar que o autor não planejava em detalhes a obra que iria escrever. Partia sempre da vivência dos fatos, do conhecimento profundo de todos os seres humanos participantes da trama, fazendo com que coadjuvantes, como Pilar e Pablo em *Por quem os sinos dobram*, transformem-se na alma espanhola do livro, sem a qual não teria a mesma verossimilhança.

O suicídio de Hemingway, em 1961, foi o epílogo dramático de quem afirmou:

> Um escritor realiza sua obra na solidão. E se for suficientemente bom, deve a cada dia enfrentar a eternidade ou a ausência da eternidade.

Adeus a Jacques Cousteau

No ano passado, no Caribe, mergulhando pela primeira vez com equipamento profissional, foi nele que pensei. Enquanto admirava as evoluções sincronizadas de milhares de peixes coloridos, imaginei melhor o quanto esse mundo submerso influenciou o grande pioneiro. O menino Jacques, nascido no sul da França em 11 de junho de 1910. O cidadão do mundo Jacques Cousteau, morto em Paris no dia 25 de junho de 1997.

Desde o ano de 1956, quando o grande prêmio cinematográfico de Cannes foi concedido ao documentário *O mundo do silêncio*, dos estreantes Jacques Cousteau e Louis Malle, o planeta terra começou a erguer a cortina de suas águas. E nesse palco, três vezes maior do que os cinco continentes, os seres humanos descobriram grandes razões para o respeito à vida. A beleza caleidoscópica dos peixes, dos corais e da vegetação marinha. A migração ancestral, absurdamente teimosa e exata, de salmões, tartarugas e lagostas aos seus distantes lugares de nascimento. A alegria pesadona dos hipopótamos mergulhando nos rios da África. A existência dos botos-cor-de-rosa na Amazônia. Os mistérios do Lago Titicaca, pedaço de oceano lá no alto dos Andes. A mansidão e a voz musical das imensas baleias. E o plâncton microscópico que as alimenta e ilumina as águas noturnas como o boitatá.

Quem de nós não se sentiu por alguns minutos um tripulante do *Calypso*, sob o comando de Jacques Cousteau? Quantos de nós não se engajaram na luta ecológica pelo exemplo desse grande mestre?

Com a morte de Jacques Cousteau não apenas as águas do Sena correm como lágrimas. As do Guaíba também. E de todos os rios que ficaram órfãos de pai.

PARTE III:

EU E A MINHA TERRA

Prêmio Ilha de Laytano

Tenho certeza que nasci de um ato de amor. Um amor que já perdura há mais de meio século entre meu pai e minha mãe. Maravilhosos seres humanos que me deram a vida e me educaram no respeito aos velhos, às crianças, aos desprotegidos da sorte, aos livros, aos amigos de qualquer raça, à natureza com suas pedras, plantas e animais. E se, pelos caminhos tortuosos da vida, nem sempre respeitei os dez mandamentos do Sinai, um deles tenho certeza de que sempre respeitarei: honrar pai e mãe, acima de tudo e em todos os tempos.

Também do amor nasceu este prêmio literário que recebo de cabeça inclinada como os cavaleiros de antanho, em memória da insigne dama rio-grandense e brasileira sra. Ilha de Laytano. No bronze burilado pelas mãos do artista Francisco Stockinger, o símbolo da teimosia humana em desafiar o tempo. Na presença do escritor Dante de Laytano nesta cerimônia, o aval do mestre que confiou neste discípulo para portar uma centelha de sua saudade. E levar para um lugar de honra em minha casa e na carreira literária, uma pétala da flor perfumada que o inspirou no seu caminho de homem e de intelectual.

Nascer de um ato de amor é um privilégio neste mundo em que as crianças já nascem engrossando as estatísticas da fome, da doença e do abandono. Um mundo que raramente foi comandado pelos intelectuais e, quando o foi, evoluiu mil anos em poucas décadas. Como no século de Péricles, no reinado de Marco Aurélio e no Renascimento europeu.

Infelizmente, nem todos nascem de um ato de amor. Nem todos têm irmãs a colocar açúcar na janela para atrair a cegonha.

Nem todos têm a felicidade de abrir os olhos pela primeira vez diante do sorriso de uma família estável e feliz.

Nasci num antigo sobrado da cidade de Pelotas, construído pelo meu bisavô materno, Joaquim da Silva Tavares, filho daquele honrado tenente-coronel João da Silva Tavares, o primeiro oficial a erguer sua espada para defender o Império do Brasil na *Guerra dos Farrapos*. E, por falar em espada, meu pai, tenente do 9º Regimento de Cavalaria, já naquele ano de 1940 formado em Veterinária e Direito, tinha o hábito de colocar sua espada sob a cama onde minha mãe daria à luz. Segundo antiga tradição militar, tal gesto atrairia um filho varão. Por três vezes colocou a espada e por três vezes recebeu no lar uma menina. Assim, logo antes de eu nascer, desistiu de colocar a espada, mas, ao inclinar-se para beijar minha mãe, sua caneta caiu do bolso e rolou discretamente para debaixo da cama. Sem espada para enfrentar a vida, foi com a caneta que saí a esgrimir os meus moinhos de vento, como fazem todos os Quixotes deste nosso mundo encantado de prosadores e poetas.

Com quatro anos de idade fui levado de trem para Alegrete. Ali passei minha infância e adolescência. Ali nasceu o meu irmão mais moço. Ali aprendi a ler, a escrever, a nadar no Ibirapuitã, a andar a cavalo. Entre os meus conterrâneos de Alegrete, aprendi os valores básicos do gaúcho e alimentei minhas raízes tenras com a seiva geradora de árvores duras como o angico e homens duradouros como Oswaldo Aranha e Mario Quintana.

No Instituto de Educação Oswaldo Aranha, dirigido por grandes mestres como Maria Amorim, Marieta Almeida, Gioconda Contino, Ida Rios, cursei desde o jardim de infância até o 3º científico. E graças ao padrão de ensino público daquela casa, onde meu pai foi por longos anos presidente do Círculo de Pais e Professores, fui aprovado no vestibular sem nenhum cursinho e vi-me acadêmico da Faculdade de Agronomia e Veterinária.

E foi aqui, nesta Porto Alegre, estuário de águas e de sonhos, que publiquei meu primeiro poema no jornalzinho dos estudantes. Chamava-se "Reza chucra" e cantava o lamento de um homem que deixou o campo para embretar-se na cidade. Reflexo natural da saudade que eu sentia da casa paterna e do meu cavalo tordilho que, lá das coxilhas do Alegrete, relinchava por mim.

Certa manhã, no prédio da Faculdade de Medicina, ao findar uma das suas aulas de Fisiologia que nos incendiavam a mente, o famoso professor Mozart Pereira Soares perguntou em alto e bom som:

– Quem de vocês é o Alcy Cheuiche?

Senti um frio na barriga porque perdera algumas aulas por andar tropeando na Serra do Cantagalo. Eu sabia que os caminhões iriam acabar com os tropeiros e conseguira convencer meu pai (graças ao apoio discreto e firme da minha mãe) a só voltar a Porto Alegre já por meados de março.

Bueno, como todos olhavam para mim, engrossei a voz e respondi:

– Sou eu, professor.

– Pois faça o favor de esperar um minuto. Preciso falar-lhe.

Foi a primeira vez que conversei com o meu *guru*, este monumento à cultura gaúcha e universal. Ele elogiou meu poema de estreante e convidou-me a atravessar o Parque da Redenção até a sua casa na Venâncio Aires. Ali me apresentou a esposa, Tereca, e me ofereceu acesso irrestrito aos livros que amealhara, seus maiores tesouros.

Mozart Pereira Soares, Jayme Caetano Braun e Moacir Santana foram os escritores que me amadrinharam na literatura. Eles prefaciaram tão bem os meus primeiros livros que eu temia que fossem comprados apenas pelo prefácio...

Moacir Santana! Que belíssima figura de prosador e poeta. Lembro que foi ele, numa dessas manhãs do veranico de maio, quem me apresentou ao coronel Arthur Ferreira Filho. Foi ali na Praça da Matriz. Eu olhando o coronel como uma legenda viva e o Moacir valorizando o aprendiz aos olhos do historiador-guerreiro:

– Conhece o poeta Cheuiche?

Ao saber que seria honrado pela saudação de Arthur Ferreira Filho, nesta noite de tantas emoções, pensei que talvez o destino o tivesse escolhido para abraçar-me também em nome de nosso amigo Moacir Santana, que já se foi a encantar os pagos do Além.

Que mais resta a dizer? Sou um homem com sede de horizontes, mas cuja agulha imantada aponta sempre para a Querência.

Vivi três anos em Paris, absorvi como uma esponja tudo que a capital cultural, a encruzilhada do mundo civilizado oferece a um jovem sedento de saber, e continuei gaúcho. Vivi dez anos em São Paulo, um ano na Alemanha, alguns meses na Bélgica, por muitas vezes visitei a Itália, a Espanha, Portugal, lugares que aprendi a amar, e continuei gaúcho. Fui ao México, aos Estados Unidos, ao Canadá, cruzei o oceano Pacífico pela Polinésia até a Austrália, e continuei gaúcho. Atravessei as Colunas de Hércules, fui ao Marrocos, entrei no túmulo de Tutancâmon no Egito, extasiei-me com a mesquita de Istambul, com o Partenon de Atenas, com o Líbano dos meus ancestrais, e continuei gaúcho.

Para mim, ser gaúcho não é somente vestir a indumentária campeira ou elogiar este nosso pedaço do Brasil. Ser gaúcho, para mim, é sinônimo de ser livre mesmo quando campeia a ditadura, ser justo mesmo quando nos negam a justiça, ser honesto mesmo quando a desonestidade é o caminho mais curto para a fortuna ou para o sucesso.

E se algum mérito encontro em mim para receber um troféu que já honrou escritores do quilate de Mozart Pereira Soares, Moysés Vellinho, Luiz Antonio de Assis Brasil e outras figuras insignes das nossas Letras, será talvez o mérito de não transigir com os valores da nossa literatura. O mérito de não ter adquirido nenhum cacoete alienígena, de não ter feito nenhuma concessão puritana ou pornográfica para agradar uma ocasional maioria dos leitores do Brasil.

Meus livros, como *A Guerra dos Farrapos*, motivo maior desta homenagem, são simples e despojados como é o nosso verdadeiro Rio Grande do Sul. Terra de pastores, como a Arcádia da Grécia antiga. Querência fraternal de muitas etnias, que se tornou um manancial encantado para a inspiração de prosadores e poetas.

Milagre

Do alto da cerca de pedra, eu via os cavalos em movimento. Ouvia o ruído dos cascos e os relinchos angustiados das éguas com potrinhos novos. O garanhão, preso em sua cocheira, também relinchava, mas esse som só nos chegava abafado pela espessura das paredes. Meu pai, montado em seu cavalo Favorito, um tordilho alto e forte, ergueu a voz para orientar a peonada:

– Miguel! Vamos passar as éguas com cria para a mangueira de baixo. O Ramão abre a porteira e o Nenê revisa a entrada do banheiro! Não vá um potranquinho destes cair lá dentro por engano.

Na mesma hora, uma imagem triste me veio à cabeça. Três dias depois do último banho do gado, já quase no Natal, um terneiro novo aparecera boiando na água turva do banheiro. Morrera afogado por ser muito pequeno para nadar e porque bebera aquela água com veneno, cujo cheiro ficava grudado no couro do gado e agora voltava para mim igualzinho como na infância. É arsênico, dizia sempre meu pai, para nos impedir de brincar saltando de um lado para o outro, como fizera a prima Arita e caíra lá dentro. Não daquele mesmo banheiro, mas de outro igual lá na fazenda do tio Mário, em Cachoeira do Sul. E a menina, filha do tio Aracy, irmão do meu pai, só não morrera envenenada porque o Aloísio, nosso primo, já mocinho, tivera a coragem de saltar lá dentro e erguê-la nos braços. Se não, poderia ter sido encontrada, três dias depois, morta e horrivelmente inchada como aquele terneirinho...

Bueno, tudo isso me passou pela cabeça, mas muito ligeiro porque a mangueira estava cheia de cavalos. E aquela cavalhada, vista de cima da cerca de pedra, correndo em círculos, com as crinas em movimento, parecia coisa de filme de caubói. Tinha até um baio parecido com o cavalo do Roy Rogers, chamado *Trigger*, que significa *gatilho* em português. Quando nós brincávamos de mocinho e bandido, o nome do cavalo era pronunciado *Tringer*. E montar nele, mesmo sendo um cabo de vassoura, era uma honra que poucos guris pequenos mereciam. O jeito era atar um lenço na cara ou prender uma pena de galinha com um cordão na cabeça. E cair logo morto como faziam os bandidos e os índios, que, nos filmes do Cine Glória, em Alegrete, perdiam sempre.

A única coisa ruim era a poeira que eu estava engolindo, o que me fez descer para o outro lado da cerca e sair correndo atrás de uma ideia que me viera naquele momento. Eu vira desde o começo que o meu cavalo de montaria, o Cavaquinho, estava no meio daquela *polvadera*, como a gente dizia. E para pegá-lo em qualquer lugar, até no campo, eu tinha um recurso infalível. Era só chegar perto dele sacudindo uma bacia com milho.

O que não era assim tão fácil. Milho só tinha direito de comer o Favorito porque vivia no quartel do 6º Regimento de Cavalaria, onde meu pai era capitão veterinário. Nas férias de verão, ele vinha para a Granja, mas continuava recebendo sua ração habitual de milho e alfafa, embora adorasse pastar no campo, como os cavalos comuns. O garanhão crioulo, chamado Xavante, só comia milho no inverno, quando também dormia na cocheira. Naquele dia estava preso lá só por segurança. Se estivesse solto, poderia brigar com os outros cavalos, porque detestava que os machos, mesmo castrados, chegassem perto das éguas com cria. Uma vez chegou quase a matar a coices o pobre burro que puxava a pipa, o Chiques, porque chegara perto demais de uma égua com seu filhote. As crianças ficaram indignadas, mas o seu Miguel, o capataz, um velho muito calmo e bondoso, encerrou o assunto dizendo apenas:

– Ele tem o direito de proteger o potranco, porque é o pai dele.

Se eu pedisse milho, muito escasso naquela época de seca, para dar para um cavalo sem valor, como o meu Cavaquinho, ninguém me daria. Assim, o jeito foi ir no galpão, deserto àquela hora da manhã, e me servir sem cerimônia no saco que estava encostado, de boca aberta, num quartinho de baixo da escada do sótão. Antes disso, é claro, eu peguei uma bacia de lata, tirei umas roupas que estavam ensaboadas dentro dela, atirei as roupas em cima de uma cerca, e enxaguei a bacia com água da pipa. O que eu iria fazer? Levar o milho nas mãos? E se eu pedisse a vasilha, ninguém me daria...

Com a bacia cheia de milho, caminhei de volta para a mangueira, levando na mão direita o freio para pegar o Cavaquinho. Fiz tudo isso porque sabia que o meu pai estava muito ocupado curando os umbigos dos potrinhos novos, que tinham de ser laçados e não gostavam nada disso, pulando e erguendo as patinhas dianteiras como cabritos. Isso estava sendo feito na mangueira dos fundos. Na da frente, os cavalos tinham parado de correr, o que me permitiu entrar com o milho e levá-lo em direção ao meu cavalinho.

Bem, essa era a minha intenção, mas o destino queria outra coisa. Mal dei alguns passos dentro da mangueira quando se destacou do lote um cavalo tordilho, lindo como se saísse de um filme, e parou na minha frente, sacudindo a cabeça de longas crinas. Fez isso, aproximou-se e começou a comer o milho da minha bacia, sem a menor cerimônia. Fiquei extasiado com a beleza daquele animal e decidi de imediato: iria montá-lo naquele dia mesmo, nem que fosse chucro. Mas, por sorte, não era. Só que o meu pai não deixou nem eu começar a falar, na hora do almoço.

– O quê?! Tu queres montar no Milagre? De jeito nenhum. Tu só tens dez anos e ele pode disparar contigo e te dar um tombo. Ele corre muito, já foi cavalo de carreira.

Eu não disse nada, porque com o meu pai, não adiantava discutir. Ele estava no comando dos seus soldados, da família, da fazenda e mandava mesmo. O que não o impedia de ser bom e justo, na maioria das vezes. Mas que eu iria montar no cavalo tordilho naquele mesmo dia, isso eu tinha certeza. E saber que seu nome era Milagre, não sei por que, me encheu de alegria.

Na hora da sesta, quando o meu pai, o seu Miguel e todos os peões dormiam, seria o ideal para eu pegar o Milagre, encilhar, montar e sair sozinho para o fundo do campo. O Jayme Caetano Braun até escreveu uns versos sobre essa hora de liberdade infantil, que eu aprendi de cor alguns anos depois:

> Hora de sesta, saudade
> de juventude e de infância.
> Hoje, ao te ver à distância
> quando a vida já raleia,
> como um sol que bruxoleia
> num canhadão se perdendo,
> hoje, afinal, eu compreendo,
> porque guri não sesteia.

Mas o problema é que as mulheres e as outras crianças também não sesteavam e iriam ver quando eu pegasse o cavalo. A Lilia e a Laís, minha maninhas com doze e catorze anos, eu tinha certeza que não iriam dizer nada. Na minha mãe eu confiava porque era só bondade e, além disso, andava muito ocupada com seu nenezinho novo, o Luiz Antônio, que tinha só três meses. Mas até ela, se visse, me impediria de montar no Milagre porque meu pai proibira e ela raramente o contrariava. O jeito era esperar a noite, o que aumentaria o risco para mim se o cavalo disparasse com o freio nos dentes. No escuro, ele poderia meter a pata numa toca de tatu, cair comigo no lombo dele e me apertar, me quebrar uma perna, e até uma perna dele.

Essa não! Eu tinha que me arriscar agora mesmo, e não de noite, porque já vira meu pai dar um tiro na cabeça de um cavalo com a perna quebrada, a lasca do osso branco aparecendo no meio do sangue, para o bicho não sofrer mais. Na hora, eu até achei bonito porque parecia uma cena de filme de mocinho. Mas não gostei do cheiro da pólvora, que a gente nunca sentia no cinema, e o tiro ficou zumbindo no meu ouvido durante uma meia hora. Também fiquei com vergonha da peonada, porque me deu vontade de chorar e foi crescendo dentro de mim uma pena enorme daquele cavalo, embora fosse de carroça e muito velho. Até porque eu imaginei o pobre do bicho, no outro dia, tapado por uma montoeira de corvos, cada um arrancando um pedaço dele e engolindo com dificuldade.

De dia, o Milagre nunca iria meter a pata num buraco e eu ficaria firme no lombo dele. Se o Roy Rogers não caía nunca do Trigger, correndo como um louco e dando tiros nos bandidos, por que eu iria cair? Pensando nisso, resolvi me arriscar a levar uma tunda do meu pai e saí resoluto em direção ao galpão para pegar mais milho, o freio e os arreios.

A sorte, porém, foi que, bem naquela hora de sol quente, um jeep verde-oliva do Exército surgiu na porteira. Veio pela estradinha, aos solavancos, e logo vi que era para buscar o meu pai, que estava de férias. No quartel tinha seiscentos cavalos e decerto algum adoecera com gravidade, talvez até aquele preto de testa branca do coronel. Mas o sargento que vinha no jeep era muito conversador e logo fiquei sabendo que chegara de Uruguaiana o general comandante da Divisão de Cavalaria para uma inspeção de surpresa, e quem quase adoecera fora o coronel. Este era um careca muito simpático, chamado Salm de Miranda, mas que eu não achava com cara de comandante. Não por ser careca, porque o Yul Brynner já andava aparecendo nos filmes, em Alegrete, e as gurias o achavam lindo. Mas o coronel não jogava polo, o que o diminuía muito no meu conceito. Com dez anos, eu entendia mais desse esporte de milionários do que de futebol. Meu pai era muito bom jogador de polo e suas *tacadas de trezentas jardas* eram famosas no 6º Regimento e em todos os quartéis da fronteira.

Quando me dei conta, meu pai já estava chegando fardado de capitão, o que lhe dava um ar imponente. De baixo para cima, calçava botas pretas de cano alto, com esporas minúsculas, culotes de montaria e túnica verde-oliva, da mesma cor do jeep. Trazia o casquete bem sentado sobre seus cabelos castanhos. Tinha 46 anos, era de estatura média, com ombros muito largos. As amiguinhas das minhas irmãs cochichavam que ele era lindo, a cara do Tyrone Power, principalmente no filme *Sangue e areia*. Mas eu achava graça delas e, naquela manhã, só notei que seu rosto bem barbeado ainda estava sonolento pela sesta interrompida.

– Miguel! É melhor levar a cavalhada de volta para o *cinco* porque esta noite é certo que vou dormir no quartel. Agora de tarde vocês podem juntar o gado do *quatro* e banhar. Ontem vi que já tem muito carrapato.

Esses números identificavam os potreiros da Granja e estavam pintados de preto em plaquinhas brancas nas porteiras de entrada de cada um. Uma novidade naquelas fazendas da fronteira de tão poucas novidades.

Quando o jeep arrancou de volta para a porteira de entrada, eu senti forte o cheiro de gasolina e me deu um enjoo no estômago. Era sempre assim. Respirar aquele cheiro me fazia até vomitar, principalmente se eu estivesse dentro de um carro com as janelas fechadas. A sorte é que nós não tínhamos carro e eu raramente era obrigado a entrar num deles. Pouco antes do Natal, meu pai conseguia um caminhão do quartel para trazer a família até a Granja, que ficava a doze quilômetros de Alegrete. Era uma verdadeira mudança, porque iríamos ficar dois meses naquele paraíso. Em janeiro, meu pai tirava férias e, em fevereiro, ia e voltava todos os dias a cavalo para o quartel. Ele e o soldado ordenança que sempre acompanhava o oficial de cavalaria.

Aliás, inspirado em um dos soldados ordenanças do meu pai, o Timóteo, foi que eu criei o personagem com esse nome, muitos anos mais tarde, no livro *O mestiço de São Borja*. Naquele romance, também, toda a descrição da sede da Fazenda da Divisa, inclusive a cena da marcação, uma das que eu mais gosto, são cópias exatas das minhas lembranças da Granja. Sempre a infância e a juventude ajudando o processo criativo do escritor...

Mas isso são assuntos de hoje. Vamos voltar logo para os meus dez anos, porque o jeep fedorento já sumiu de vista, o enjoo passou e o Milagre está ali dentro da mangueira de pedra, esperando por mim.

Desta vez não foi preciso milho. A peonada já estava na mangueira colocando os cavalos em forma. Para isso, espichavam um laço de uma cerca à outra e obrigavam os animais a ficarem todos lado a lado, de frente para nós. Se algum se recusava, era levado de volta, sob estalos de relhos e aos gritos de: "Forma, forma, matungo! Forma, desgraçado!".

Matungo era sinônimo de cavalo ordinário, e desgraçado era a palavra que sempre antecedia um nome feio nas narrativas de galpão: "Pois aí, me deu vontade de dar uns mangaços naquele desgraçado filho da puta. Claro que ele tinha puxado o cavalo e nos fez perder a carreira... Mas ele se encagaçou e saiu correndo antes que eu tivesse tempo de levantar o relho. Daí, eu...".

Daí, eu adorava esses causos contados pela peonada, porque eles diziam palavrões o tempo todo e isso eu nunca ouvia dentro de casa. Nem com martelada nos dedos se podia desabafar um merda ou coisa parecida. Em toda a sua vida, minha mãe nunca disse uma palavra dessas, nem as minhas irmãs. Meu pai também não dizia, pelo menos na nossa frente. Nas pescarias com os amigos dele, na hora do churrasco, se o assunto começava a esquentar, ele sempre dava um jeito de me mandar buscar alguma coisa o mais longe possível e eu sabia que devia demorar para voltar.

Bueno, mas estou espichando o causo e o Milagre está agora bem na minha frente e, se não baixar um pouco a cabeça, não vou conseguir colocar o freio nele. Vocês sabem, ou não sabem, que Cheuiche, o meu sobrenome, significa em árabe alferes de cavalaria. O mesmo posto militar do Tiradentes, um suboficial entre o sargento e o tenente. Assim, até no sobrenome eu sou ligado com os cavalos. Além disso, por parte da minha mãe, os Silva Tavares são cavaleiros desde que viviam em Portugal, e continuaram assim no Brasil, tomando parte ativa nas cargas de cavalaria da Cisplatina, da Revolução Farroupilha e de todas as outras guerras e revoluções que se seguiram.

Equilibrado nas pontas das botas, olhei para o Milagre, esperando que ele baixasse a cabeça em respeito a tantos cavaleiros ancestrais, mas ele continuou altaneiro, mais longe do meu alcance do que o cata-vento que batia asas lá no alto da torre de madeira, atrás do galpão.

E foi nessa hora que o seu Miguel surgiu do meu lado, pediu licença, tomou do meu freio e o colocou na cabeça do cavalo. Surpreso e emocionado, eu olhei para aquele velho de rosto escuro, cabelos e bigodes brancos, que era muito bom com as crianças, embora se parecesse com os bandidos mexicanos dos filmes de caubói. E minha voz saiu trêmula, ao antever as consequências daquela cumplicidade:

– O senhor acha que eu posso mesmo montar nele? Não por medo de cair, mas é porque o meu pai não deixou.

– Para mim, o capitão não disse nada. Não me deu nenhuma ordem sobre este cavalo. E ele está precisando mesmo de quem monte nele e o faça trabalhar, cansar um pouco. Depois que correu carreiras, tudo diz que o Milagre vai disparar e ninguém monta. Mas ele não vai disparar. Olha só o olho bom que ele tem... Pelo olho a gente conhece o cavalo. É só levar de rédea curta e não meter espora, nem surrar.

– Surrar um cavalo destes? Isso nunca vai acontecer na minha vida.

E não aconteceu mesmo. Dos dez aos vinte e cinco anos de idade, o Milagre foi o meu único cavalo de montaria. Embora usando o relho no pulso, como fazem todos os campeiros, nem uma única vez eu bati nele, nem ameacei bater. Ele tinha a minha idade, como atestou o meu pai, já no fim do veraneio, olhando seus dentes com atenção. Mas os cavalos envelhecem muito mais rápido do que as pessoas, umas três ou quatro vezes mais. Assim, quando nós tínhamos dez anos, o Milagre, na proporção, era um moço de trinta ou trinta e cinco anos. E quando eu o montei pela última vez, aos vinte e cinco anos, embora ainda bonito e pisando firme, sua idade, se fosse gente, já beirava os oitenta.

É importante que eu explique isso para que vocês entendam o que aconteceu naquele dia.

Eu tinha passado dois anos em Paris, onde não montara uma única vez a cavalo. Mas não perdera o contato com eles, porque, como veterinário, sempre tinha algum animal por perto. Na Faculdade de Veterinária de Alfort, onde fiz o mestrado, havia até uma escola de equitação, mas a minha bolsa de estudos mal dava para comer, dormir e andar de metrô. Se não fosse a preocupação cultural dos franceses, que não cobram entrada nos museus aos domingos, nem no Louvre eu teria ido. E não teria descoberto os pintores impressionistas, como Van Gogh, Renoir, Gauguin, Cézanne. E se não existisse a Cinemateca do Palais Chaillot e o Teatro Nacional Popular, eu não teria descoberto Buñuel, nem Beltold Brecht, nem nada. Algumas raras vezes, assisti corridas de cavalos em Auteil, onde Hemingway costumava ir uns quarenta anos antes e, como ele, naquele tempo, não tinha dinheiro para apostar. Mesmo assim, escolhia um cavalo e torcia para valer, sob os olhares de espanto dos parisienses, muito mais discretos que nós nessas comemorações.

Quando cheguei de volta a Alegrete, eu estava louco para montar no Milagre. Recordo todos os detalhes antes do avião da Varig descer no aeroporto, que nós chamávamos de *campo de aviação*. Revi o rio Ibirapuitã lá do alto, passando barrento por baixo da ponte do trem e da ponte dos carros, a mesma do famoso combate de Flores da Cunha e Honório Lemes, em 1923. Lembro como achei a cidade pequenina, aninhada na curva do rio. E na minha imaginação, ela era tão importante como Paris. Como dizia Exupéry, o deserto é belo porque esconde um poço em algum lugar. E o poço para matar a minha saudade era a família que vivia naquele casarão da Rua Venâncio Aires, que eu percebi de relance na ponta da asa esquerda do avião.

Antes de ir para a Granja para ver o seu Miguel e a peonada, fui com o meu pai na igreja, onde fiz uma linda descoberta. Enquanto ele rezava em agradecimento pelo meu retorno, eu arregalava os olhos para cada detalhe arquitetônico. Como eu não tinha percebido antes que a nossa igreja de Alegrete era neogótica, uma miniatura, em muitos detalhes, das catedrais de Notre Dame, Chartres, Colônia? Quantos tesouros como esse nos escapam porque olhamos e não enxergamos por falta de conhecimento? E pensei mais uma vez em Exupéry, quando descreve o operário embrutecido por um dia duro de trabalho, que dormia, batendo a cabeça raspada, num trem de subúrbio.

– O que me dói – disse ele para seu amigo Guillaumet – é que Mozart pode estar dormindo ali...

Bem, eu tinha esses pensamentos socialistas quando jovem, e continuo pensando assim. Pensando que só a igualdade de oportunidade, como dizia Jean Jaurès, faz a democracia. Mas a mocidade é iluminada por si mesmo. Logo depois daquela missa, o que eu mais queria era ir logo para o campo e montar no Milagre. E foi o que fiz.

Imaginem a minha emoção ao encontrar aquele cavalo tordilho quase igual ao que era quinze anos atrás, quando metera a cabeça na bacia de milho. Quase, eu digo, porque era impossível esquecer que tinha 25 anos, idade da velhice para todos os cavalos. Mas ainda pisava firme na grama, mantinha alta a cabeça e parecia tão feliz como eu com aquele reencontro.

Meu pai não brincava em serviço e logo me vi trabalhando com a peonada, o que me encheu de prazer. Eu tinha abraçado o seu Miguel, logo na chegada, com muita emoção. E apertara a mão calosa dos outros, tirando fotos com a Polaroid e dando a eles as cópias imediatas em papel, o que chegou a assustar o seu Ramão, como se fosse alguma bruxaria. É isso mesmo. Mesmo depois da inauguração de Brasília, nossa gente do campo ainda vivia quase como no século passado, sem água corrente, sem luz elétrica, com raros aparelhos de rádio, sem televisão, nem novelas, nem Big Brother. E eram felizes, assim, se os patrões não os exploravam e a alimentação era farta, como ali na Granja. Talvez por isso, eu tenha escrito um verso que contrariava a filosofia de Saint-Exupéry:

> Não seria mais feliz
> nas trevas da ignorância
> o meu velho seu Miguel
> que acendia o candieiro
> nas noites da minha infância?
>
> O que adianta saber,
> quando o saber é usado
> para matar e morrer?
>
> Esparta matou Atenas
> e continua matando,
> somente as armas mudaram.

Bueno, chega disso. Agora estou montado no Milagre e vou levando o gado para o alto da coxilha. Faz frio e o campo está um pouco queimado pelas geadas. Algumas vacas já deram cria e seus terneirinhos aprendem a caminhar, sob a proteção dos chifres ameaçadores das mães. Deixo que subam devagar para o rodeio, e toco meu cavalo na direção do mato do Ibirapuitã, que faz a divisa dos fundos da Granja. Vou pensando em fazer uma pescaria no perau, talvez tirar algum jundiá, dos grandes e bigodudos, quando ouço uns gritos e volto a prestar atenção no serviço.

Um touro se desgarrara do gado e corria em direção ao mato, de onde seria muito difícil tirá-lo. Vi logo pelos gritos do peão, que eu era o único em posição de interceptar o animal, se corresse em linha reta pela várzea. Entendi isso e o Milagre também, porque bastou um movimento do corpo para que ele iniciasse a corrida. E como ainda corria aquele cavalo velho! Corria firme, as crinas esvoaçando, enquanto o vento me jogava o chapéu para a nuca e batia em cheio no meu rosto. Vista do alto da coxilha, a cena devia ser de cinema. Um touro negro fugindo em direção ao mato verde-escuro e um cavalo branco correndo de rédeas soltas para cortar-lhe o caminho.

Quando já nos aproximávamos do touro, ouvi alguns gritos de incentivo da peonada, mas não ergui o relho, nem esporeei o Milagre. Sabia que nós conseguiríamos atacar o animal antes que sumisse no mato e vibrava de emoção por estar vivendo um momento único, depois de dois anos sem montar a cavalo.

Foi então, que eu vi diante de nós um obstáculo que me gelou o sangue. E me dei conta que os gritos da peonada não eram de entusiasmo e, sim, de aviso. Eu não sabia que as últimas enchentes tinham aumentado a profundidade de uma sanga que atravessava a várzea. E agora aquela cratera negra surgia na nossa frente, larga de uns cinco metros e muito profunda. Na corrida em que ia o Milagre, a única maneira era saltar aquele obstáculo. Se ele não conseguisse, nós dois iríamos cair lá dentro e certamente iríamos morrer.

Nessa hora, lembro apenas que abaixei o corpo e gritei o mais alto que me foi possível: "SALTA, MILAGRE! SALTA, MEU CAVALO!".

E logo senti que ele se erguia no ar e voava por cima do barranco da sanga, caindo de joelhos do outro lado.

Apeei rapidamente e ajudei-o a levantar-se, sentindo também as pernas bambas e deixando as lágrimas correrem livres pelo rosto. Meu cavalo tremia todo, os olhos arregalados, a baba escorrendo por entre os dentes apertados. Seu coração batia tão forte que eu ouvia as pancadas.

– Não, Milagre, agora não. Pelo amor de Deus, não vai morrer agora, meu amigo.

Meu pai foi um dos primeiros a chegar, apeou-se do cavalo e colocou-me uma mão pesada no ombro.

– Não te preocupa, ele não vai morrer.

E olhando para a peonada que nos cercava em silêncio, disse uma frase que nunca mais me saiu da memória:

– Foi um milagre, mesmo, por isso ele caiu de joelhos. Nem um cavalo de salto, dos melhores que eu vi no quartel, seria capaz de pular por cima desta sanga, ainda mais com a idade que ele tem.

Dei um passo à frente e abracei o pescoço do meu cavalo que serenava, pouco a pouco, enquanto um bando de queroqueros passava com seus gritos estridentes, bem por cima das nossas cabeças.

Meu Deus que a Lourdes suba

Verão de pouca chuva. Nenhuma melancia na horta da Granja. Milho verde, nem pensar. Felizmente, água não faltava porque o Ibirapuitã podia até ficar bem rasinho, mas nunca cortava. Mas o poço secou, dando férias ao Chiques, o burrinho cego de um olho, que levava e trazia a pipa com água de beber. Mas o animalzinho, como essas pessoas viciadas em trabalhar, vinha todas as manhãs para perto daquele barril de madeira com aros de ferro, que um dia chegara em Alegrete cheio de vinho da colônia. Depois que o vinho alegrara as festas, o barril fora comprado, lavado várias vezes e amarrado com arame de atilho sobre um quadrado de madeira, com duas rodas e dois varais. Também ganhou uma abertura retangular no lombo e uma torneira na frente, para a água entrar e sair. O Chiques era colocado entre os varais e amarrado a eles por uma cincha de couro cru que se firmava a uma sela em miniatura, no seu dorso. Feito isso, era só o peão estalar o chicote e dizer as palavras mágicas: "Bamo, burro velho!".

Daí em diante, estava ligado o piloto automático. O Chiques seguia por sua própria conta em linha reta até o poço, situado numa elevação a uns cem metros da casa. Chegando ali, dava uma volta e recuava até o ponto em que as rodas encostavam nas bordas de pedra bruta. Aí suspirava e ficava quieto, esperando.

O peão chegava a passos lentos, de má vontade. Ninguém gostava de puxar a lata cheia d'água lá do fundo do poço. E, como guri nenhum podia meter a cabeça para olhar lá dentro, eu fiz isso muitas vezes, na hora da sesta, é claro. E lembro muito bem do cheiro bom que vinha lá do fundo, cheiro de água limpa guardada, como o da moringa da sala de jantar. Lembro dos sapos saltando, quando eu batia na parede com a mão espalmada, e do meu reflexo lá no fundo, cada vez mais no fundo, até que o poço secava.

Seco o poço, era preciso buscar água na restinga ou no Ibirapuitã. Meu pai mandava colocar dois tonéis de ferro, de duzentos litros cada um, dentro da carreta, e suspendia qualquer outro serviço. Com a peonada e a criançada junto, saía a cavalo ao lado da carreta puxada por dois bois muito altos e ossudos, um branco e o outro preto, o Alegre e o Queimado. Muita barulheira de latas dentro da carreta, sempre conduzida pelo seu Ramão, um índio charrua alto e forte, para quem eu dediquei, muitos anos mais tarde, um poema que, entre outras coisas, diz assim:

> Chapéu grande, espora grande,
> tudo nele impressionava,
> parece que gineteava,
> já o conheci ressabiado,
> talvez por muito pesado,
> mas não por medo de tombo,
> pois foi em cima do lombo
> de centenas de cavalos
> que defendeu no trabalho
> o dinheiro que ganhava.
>
> Aliás, foi debochado
> por não conhecer dinheiro,
> gaúcho sem paradeiro,
> que nunca entrou numa escola,
> foi chamado até de louco,
> por se atrapalhar no troco
> ou dar demais uma esmola.

Bueno, pois lá vai ele gritando com os bois, sem saber que já morreu há muitos anos, a não ser na minha memória, e na de outros, muito poucos, que passaram pelo seu caminho. Meu sobrinho Jacques, por exemplo, que é diretor de fotografia e já captou imagens para o cinema em muitos lugares do mundo, só lamenta não ter filmado uma, por ser ainda criança. A imagem do seu Ramão, como os índios charruas de antanho, correndo a cavalo atrás de um potro para domar, girando as boleadeiras por cima da cabeça e lançando-as para se enroscarem nas patas traseiras do animal em disparada. O cavalo fugitivo tomba, e o menino recorda até hoje aquela cena em que as cercas, os laços e os caminhões fizeram desaparecer das coxilhas gaúchas.

Na beira do Ibirapuitã, nós apeávamos dos cavalos e amarrávamos as rédeas nos galhos das árvores mais próximas. Dali, cada peão pegava a sua lata e descia pela picada até a margem, local chamado por nós de *areia funda*. Enchia a lata d'água e subia resfolegando até junto da carreta, onde a entregava ao seu Ramão. Ele virava a lata dentro de um dos tonéis e a devolvia para nova viagem. Enquanto isso, eu e as minhas irmãs íamos tomar banho bem longe, na chamada *areia baixa*, à jusante do rio. E isso por duas razões: para não turvar a água e para que nenhum peão visse as meninas de maiô. O respeito era muito importante naquele tempo, bem antes que a televisão trouxesse as cenas de sexo para dentro das casas e dos galpões. Por essa razão, é que eu escrevi no poema "Que diacho, eu gostava do meu cusco!" estes versos do tempo antigo:

> Era no mês de janeiro,
> os patrão tavam na praia,
> e veio um mundo de gente
> tudo em roupa diferente,
> até colar home usava,
> e as moça meio pelada
> sem sê na hora do banho,
> imagino lá no arroio
> o retoço da moçada...
>
> Mas, bueno, sou doutro tempo
> das trança e saia rodada...

Ibirapuitã, trago teu cheiro no meu corpo, teu gosto na minha boca, tua imagem *nas minhas retinas cansadas*, como no poema de Drummond. Te vejo intacto, como os primeiros índios que te batizaram. E ouço a voz do meu pai, paciente ao explicar tudo para as crianças, decifrando a língua guarani: *i*, água ou rio, *bira*, árvore, *puitã*, vermelho. *Ibirapuitã*: rio das árvores vermelhas. E erguendo o braço, apontava para uma árvore alta e copada, muito comum naquela mata ciliar:

– É essa árvore aí, o angico.

Eu já vira uma árvore daquelas ser derrubada a machado e sabia que sua madeira era vermelha. A maioria dos moirões e das tramas das cercas da Granja era de angico. Mas meu pai se orgulhava de só mandar abater uma árvore para essa destinação. Por isso, nas matas do *nosso* Ibirapuitã, ainda havia muitos angicos, ao contrário das do vizinho da outra margem. Meu pai era ecologista, numa época em que o Lutzenberger ainda era estudante de agronomia, e ninguém escrevia ou pronunciava essa palavra. Entre as proibições da minha infância, uma das poucas que nunca desrespeitei foi o uso do bodoque, ou da funda, como se chamava em Alegrete. Jamais usei essa arma infantil para matar um passarinho, embora fosse muito fácil fabricar uma. Bastava cortar e tirar a casca de uma pequena forquilha de árvore, prender na ponta de cada haste uma tira de borracha, juntar as outras extremidades elásticas com um pedacinho de couro e estava pronta a funda. Firmava-se a forquilha com a mão direita, colocava-se uma pedrinha contra o pedaço de couro, se espichava as tiras de borracha com a mão esquerda e zás, fazia-se a pedra voar contra o alvo desejado. No meu caso, nunca um passarinho, o que me faz, hoje, muito feliz.

Pois, como eu ia dizendo, aquele foi um verão de muita seca. Mas, como a minha mãe adorava melancia, meu pai dava um jeito de mandar comprar algumas, que vinham pela carroça do leiteiro. Como já disse, até os meus doze anos de idade, não tínhamos carro, e essa carroça, que levava leite para a cidade em todas as madrugadas, era o nosso meio de comunicação com o mundo. Sem telefone fixo, muito menos celular, que nem fora inventado, as notícias só podiam nos chegar, nos dois meses das férias de verão, pela carroça ou pelo "Mensageiro Rural" da Rádio Alegrete. Aliás, o locutor desse noticiário era um primor na arte de ser *speaker*. Entre uma e outra mensagem, intercalava informações sobre casamentos, enterros e aniversários, como esta, que ficou famosa:

Aniversaria hoje o galante menino Carlos Eduardo, filho da voz que vos fala.

A Laís, a irmãzinha mais velha, adorava melancia e nunca se contentava com a fatia que lhe tocava. Sempre queria uma maior, até que um dia, cansado em vê-la reclamar, meu pai abriu com a faca uma melancia grande e disse:

– Nessa ninguém toca. É só para a Laís.

Ela riu de nós e começou a comer. Comia com vontade e nos chamava de bobos, até que derrotou a primeira metade e perdeu o embalo. Na segunda metade, começou a oferecer um pedaço para nós, mas, instruídos pelo meu pai, ninguém aceitava. Enfarada, ela ergueu-se do lado da mesa de pedra e saiu correndo. Foi quando meu pai gritou:

– Vamos pôr o capacete na cabeça dela!

Pegou a metade vazia e correu atrás da Laís, com as outras crianças nos seus calcanhares. Pegou a menina pelo ombro e, sem violência, obrigou-a a sentar e colocou-lhe a metade da melancia na cabeça. Ela chorou e nós rimos muito, perto do meu pai. Longe dele, nós tínhamos o maior respeito por aquela guria valente, que montava a cavalo e nadava muito melhor que nós. Mas depois de chorar bastante, ela aprendeu a lição e enjoou um pouco de melancia.

Dois anos mais tarde, quando ganhei de aniversário os *Contos gauchescos*, de Simões Lopes Neto, descobri que meu pai se inspirara no conto "Deve um queijo!" para corrigir a Laís. Nesse conto, ambientado num bolicho da fronteira, um castelhano agigantado obriga um gaúcho meio velho, pequeno e calmo a pagar-lhe um queijo. O velhito escolhe um bem grande, corta uma fatia e a entrega ao mau elemento na ponta do facão. Ele a devora, debochado, e logo recebe outra e mais outra, até que diz não poder mais. Aí é obrigado a comer, sob ameaça do mesmo facão com a fatia de queijo espetada na ponta. E acaba fugindo, meio engasgado e vomitando, sob a chacota dos demais frequentadores do bolicho.

Bueno, mas falei demais e não cheguei à história que me levou a escrever nesta manhã chuvosa. Tanta chuva agora e nenhuma gota lá longe, na minha infância. E como a água carregada de carreta era só para beber, para cozinhar e encher as caixas dos banheiros, minha mãe teve que mandar a Lourdes no rio para lavar a roupa.

A Lourdes era a empregada da cidade que vinha ajudar na Granja durante o veraneio. Era baixota, mas muito gorda, acho que beirava os cem quilos. Cozinheira e doceira "de mão cheia", como se dizia, era alegre e boazinha com as crianças. Cozinhava tão bem que, um dia, o seu Aladino, o velho porteiro da Escola Oswaldo Aranha, um retrato vivo do Pai Tomás, apaixonou-se pela Lourdes, casou-se com ela e não deixou que cozinhasse para ninguém mais, só para ele. Minha mãe perdeu uma funcionária de luxo, mas nunca se queixou, porque só desejava o bem das outras pessoas. Principalmente as humildes.

Embora muito pesada, a Lourdes montava a cavalo e foi assim que partiu com sua trouxa de roupas para o Ibirapuitã. Mas não foi sozinha. Laís e sua amiga Marlene, Lilia e eu a seguimos em nossos petiços. Eu tinha sete anos, ainda não "descobrira" o Milagre, nem mesmo começara a andar no Cavaquinho. Montava a petiça Favorita que ganhara de presente para deixar de chupar bico para dormir. Aliás, montava era uma força de expressão. Eu tinha as pernas tão curtas que tinha que escalar o cavalo, apoiando um pé no joelho dele, antes de alcançar o estribo. Ou era erguido para a sela pela Laís, que era obrigada a fazer o mesmo com a Lilia, também pequena demais para os estribos altos. É isso aí, quanto mais baixo o cavaleiro, mais alto o estribo. Uma injustiça.

Chegamos muito felizes numa parte do rio que nós chamávamos *o umbu*, em razão de uma tapera sombreada por uma dessas árvores enormes, que havia ali por perto. Nesse ponto, a nossa margem do rio era de pedras, lugar ideal para lavar as roupas, pô-las a quarar e depois secar ao sol. Somente há muito pouco, fiquei sabendo, por uma aluna minha de literatura, não lembro mais se a Geni Oliveira ou a Ana Severo, que *quarar*, ou seja, colocar a roupa molhada para alvejar, vem do idioma indígena, uma vez que *coaraci* ou *quaraci* é o nome do sol em guarani. E como eu tenho paixão pelas palavras e pelos índios, não custa nada comunicar mais essa descoberta em nosso belo português mestiço.

Enquanto a Lourdes lavava as roupas, nós tomávamos banho à montante do rio, para deixar a água ensaboada correr livre correnteza a baixo. Fazia muito calor e ninguém queria sair de dentro d'água, mesmo depois que nossos dedinhos ficaram murchos. Mas o sol começava a descambar para o outro lado do umbu, a Lourdes já terminara seu trabalho e refizera a trouxa, agora com as roupas limpas, e era hora de voltar para casa, antes da noite. Trocamos as roupas de banho, reunimos o meu calção e os maiôs das meninas em uma outra trouxa e tratamos de montar a cavalo. Ou seja, Laís colocou a mim no lombo da Favorita e depois a Lilia em sua petiça Preta. Depois montou na sua égua Flauta e ficou vendo a Marlene fazer o mesmo num cavalo muito amarelo que nós chamávamos de Baio Gemada. E foi então que todos ouvimos um estouro e um grito.

Era a Lourdes que tentara montar no Pandeiro, um cavalo muito velho e calmo e os arreios vieram a baixo com seu peso, logo que apoiou-se no estribo. Todos achamos graça (não sei por que os tombos são hilariantes, até aqueles que podem machucar de verdade, como no *Domingão do Faustão*). A Lourdes recolocou os arreios no lombo do Pandeiro e tentou montar de novo. Novo tombo. Desta vez os risos foram menores e a Laís teve uma boa ideia:

– Vamos nos pendurar no estribo do outro lado, para fazer um contrapeso.

Lilia e eu descemos das petiças e fomos ajudar. Mas os cem quilos da Lourdes eram muito mais pesados do que as quatro crianças juntas, penduradas no estribo do outro lado. Resultado, novo tombo. O que fazer? O sol já estava desaparecendo perigosamente no horizonte. O único recurso foi rezar. Nos ajoelhamos os quatro no capim e pedimos o auxílio do céu, onde surgiam as primeiras estrelas:

– Meu Deus que a Lourdes suba. Meu Deus que a Lourdes suba.

Mas a Lourdes era muito pesada até para o Criador. E aliás, *lourde* em francês, coincidência ou não, significa *pesada*. E pesado também é sinônimo de azarado. Cansamos de rezar, colocamos a culpa no azar e começamos a volta para casa, todos os cinco puxando os cavalos pelas rédeas.

Agora, escuridão total. Muito tristes e assustados, seguimos tropeçando nos tacurus e pisando em tocas de tatus, torcendo para estarmos caminhando na direção certa. E assim prosseguimos, muito jururus, até que um assobio próximo nos fez parar. E foi logo seguido de um relincho de cavalo, respondido por um dos nossos. Quem seria?

Era o Valenciano, um peão campeiro muito sorridente e forte, porque, logo depois de apear-se, ergueu a Lourdes como um saco de batatas e colocou-a sobre os arreios.

– Foi o pai que te mandou nos buscar, Valenciano?

– O Capitão ainda não voltou do quartel, senão tinha vindo junto. Foi a dona Zilah que me mandou buscar vocês.

Com facilidade enorme, o peão nos botou a mim e a Lilia sobre os nossos cavalinhos, as outras meninas montaram, e seguimos, agora rindo muito, em direção das casas.

Se Deus, pelas mãos do Valenciano, ajudou ou não a Lourdes a subir no cavalo, isso eu não saberei jamais. O peão não durou muito lá em casa porque era gaudério, caminhador, do tipo *andejo*. Pensei que o havia esquecido, até quando fui pela primeira vez a Valência, na Espanha. Depois que os amigos Don Gregório e Rosita ofereceram a famosa *paella valenciana*, um belo arroz amarelo com frutos do mar, respondi de forma enigmática à pergunta clássica que nos fazem nessas ocasiões:

– Se eu já conhecia Valência? Não conhecia. Mas gosto muito dos valencianos, desde criança.

MEU PAI NO RIO DE JANEIRO DE 1928

Do seu tempo de estudante no Rio de Janeiro, meu pai contava muitas histórias, como esta aproveitada por mim *in totum* no livro *A mulher do espelho*. É o caso da mulher com chapéu primaveril.

Num domingo, fui ao cinema com alguns colegas, ali perto do Teatro Municipal. Filme mudo, corridinho, muito ruim. Na saída, eu vi uma mulher alta, lindíssima, com um chapéu primaveril. Fiquei encantado, mas ela sumiu dentro de um auto de praça e não consegui descobrir quem era. Ninguém dos meus amigos conhecia a moça. Voltei muitas vezes ao mesmo cinema, fiz ponto na Colombo e nas outras confeitarias da moda, e nada.
Passou-se um mês e eu já estava desistindo quando uma vizinha mandou me chamar para dar uma injeção na irmã dela. Eu morava numa pensão de estudantes, a maioria do Rio Grande do Sul, na Rua Ibituruna, 159, perto da Praça da Bandeira. A vizinha pediu para eu dar a injeção na irmã dela porque o auto da Saúde Pública chegava apitando e os vizinhos poderiam pensar que era sífilis e os enfermeiros eram sujos e cobravam caro.
Eu fui na casa dela, fervi o aparelho de injeção, entrei no quarto e imaginem quem estava ali, seminua como

uma estátua grega? A moça do chapéu primaveril, deitada de bruços, mas com o rosto para o meu lado. Quase deixei cair o aparelho de injeção. O meu coração batia como se fosse estourar. E ela me disse, com voz suave:
– Desculpe, mas eu só tomo injeção nas nádegas.
Passei um pedacinho de algodão com álcool naquela beleza, dei a injeção e saí do quarto amparado pela irmã da Margarida. Era o nome daquela paixão.
Mas a história ficou por ali. O marido da Margarida veio me agradecer na pensão, no dia seguinte, e só guardei para sempre a imagem daquela deusa.

Outra boa história que papai contava passou-se na Colombo, a confeitaria mais famosa do seu tempo de estudante, lá por 1928. Um lugar que ninguém pode deixar de visitar, ainda intacto, com seus espelhos imensos e sua decoração Luís XVI.

Pois o jovem Alcy estava por lá num domingo à tarde, vestido à moda da época, com chapéu picareta e tudo. Eis quando (como ele contava) foi surpreendido pela chegada de sua namorada com três amigas. O cadete mal tinha no bolso o dinheiro para pagar a coalhada com groselha que estava tomando. Pois a mocinha sentou-se a sua mesa, junto com as companheiras, e todas pediram sorvetes.

Naquele tempo, o homem tinha que pagar a conta, não havia como escapar, ainda mais que o namoro era recente. O garçom trouxe as taças e copos d'água e o estudante ficou mais gelado que o sorvete. O que ia fazer? Pálido, foi calculando o tamanho da despesa e da vergonha que iria passar.

Quando chegou a conta de cinco mil réis, quase desmaiou. Mas tomou uma decisão heroica. Puxou da única nota de um mil réis que possuía, deu-a enrolada ao garçom e lhe disse, olhando-o firme nos olhos:
– Cobra-te e fica com o troco.
O profissional olhou o dinheiro e inclinou a cabeça, agradecido.

Meu pai acompanhou as meninas e depois foi a pé para casa, lá perto de onde hoje é o Maracanã. Juntou cinco mil réis, moeda por moeda, com seus colegas e a dona da pensão. Voltou de bonde até a Colombo, já noite fechada, e pagou o garçom. Depois, naturalmente, de dar-lhe um grande e fraternal abraço.

Uma mancha de tinta nankin

"Nove horas, meninos, cama!"
Esta frase do meu pai ainda soa nítida nos meus ouvidos. Principalmente quando quero escrever no outro dia bem cedo e fico redemoinhando antes de deitar. Com oito horas de sono, sou capaz de trabalhar dezesseis sem cansar. Se dormir pouco, viro num coitado. E a frase dele volta da infância para me ajudar.

Acostumado a deitar e acordar cedo (para ir ao colégio) lembro de uma vez que tive de "fazer serão", como se dizia. Eu estava com doze anos de idade, cursava o primeiro ano do "ginásio" do Instituto de Educação Oswaldo Aranha, em Alegrete, e só gostava de duas matérias: história e geografia. Em português, só era bom para escrever redações (as tais de análises sintáticas e léxicas me deixavam doido). Em matemática era um fiasco. Em desenho geométrico, uma catástrofe.

– Meu filho, tu tens que fazer este desenho antes de dormir.

Minha mãe falava sempre com voz tranquila. Se estivesse zangada, não falava nada. Não gritava jamais, nem usava palavras grosseiras. Se eu abusasse da sua paciência, o que não era raro, ela custava a dizer a frase irremediável:

– Eu vou contar para o teu pai.

E aí era certo que eu iria apanhar. E com razão, quase sempre. Leitor assíduo dos livros de Edgar Rice Burroughs, uma das minhas diversões prediletas era brincar de Tarzan. Como a única árvore grande do nosso pátio era uma pereira, eu imitava também o homem-macaco subindo no telhado da casa e caminhando sobre as telhas. Dali a vista era linda e minha imaginação povoava os campos próximos de elefantes, antílopes, búfalos e leões. Não caí nunca lá de cima, mas raramente deixei de quebrar alguma telha, daquelas arredondadas, modeladas artesanalmente nas pernas dos portugueses, que diziam que eram "feitas nas coxas". Na primeira chuva, surgiam as goteiras, parece que ouço o ruído dos pingos em bacias e panelas. E a frase condenatória era proferida calmamente, sem raiva:

– Eu vou contar para o teu pai.

Ele voltava do quartel somente ao entardecer, montado no seu cavalo Favorito e seguido pelo soldado ordenança, encarregado de levar de volta os animais para as suas baias e voltar com eles antes de clarear o dia seguinte. Assim, geralmente eu tinha tempo para me preparar para a tunda, colocando a minha "calça de apanhar". Era uma calça curta, como todas as outras que a gente usava em pequeno, com exceção do uniforme ginasial. A calça comprida desse uniforme era a maior conquista para os meninos, mas, antes, tínhamos que passar no "exame de admissão", uma prova obrigatória em todo o Brasil para as crianças serem recebidas no curso secundário.

Bueno, mas eu falava da calça de apanhar e explico por que ela ganhou, só dentro da minha cabeça, esse apelido. Era uma calça de lã muito grossa que protegia o local predileto onde meu pai batia com o talabarte: a minha bunda. O talabarte era uma faixa de couro de atravessar no peito, que caíra em desuso no uniforme militar e ficava guardada em cima do armário do quarto. Muitas vezes tive vontade de dar sumiço nele, mas o meu vizinho Chico apanhava com vara de marmelo e dizia que era muito pior.

Quando meu pai batia com o talabarte na minha bunda superprotegida pelo tecido grosso, eu quase não sentia nada, mas chorava e dizia bem alto, hipocritamente:

– Para, para! Eu não faço mais! Eu não faço mais!

É claro que algum relhaço podia pegar nas minhas pernas nuas e doer de verdade, mas isso era raro. Meu pai parava logo de me surrar, mandava chamar um pedreiro para trocar as telhas quebradas e, depois de alguns dias, eu subia de novo no telhado para brincar de Tarzan. Teimosia? Também era. Mas não esqueçam que as crianças do meu tempo só iam ao cinema nos domingos, que não havia televisão nem computadores. Além dos poucos filmes, só os circos, a escola e os livros nos abriam janelas para o mundo.

Mas voltemos àquela noite em que minha mãe falou com voz bem mansa:

— Meu filho, tu tens que fazer este desenho antes de dormir.

Fazer não era bem o verbo certo. O desenho já estava feito a lápis sobre uma grande folha de papel vegetal. Representava um prédio enorme, de três andares, com muitas portas e janelas, um horror. A tarefa, que valia nota como uma prova mensal, era terrível para mim. Teria que passar tinta nankin sobre cada linha daquele desenho, usando a régua como apoio, mas sem borrar nada. Eram dez horas da noite, meu pai, minhas irmãs e o maninho Luiz Antônio já dormiam desde as nove, e eu tinha tarefa para mais duas horas, pelo menos.

Meus olhos ardiam de sono, mas era preciso mantê-los bem abertos. O menor erro e o desenho estaria prejudicado. Assim, trabalhei até a meia-noite para cobrir todas as linhas daquele maldito prédio, molhando um pincel de ponta minúscula na tinta preta do vidrinho. E pasmem os que conhecem a minha falta de habilidade manual: não cometi o menor erro, nem uma manchinha, a nota máxima estava garantida.

Bem, um único erro eu cometi. Ergui-me feliz demais e esqueci de fechar a tampa do vidrinho. Ele caiu para o lado e derramou-se todo sobre o desenho.

Eu estava com tanto sono, que engoli a vontade de chorar. Mostrei a catástrofe para a minha mãe e, com os lábios trêmulos, murmurei apenas:

— Vou tirar zero.

E fui me deitar pensando em achar aquele prédio, onde existisse de verdade, e quebrar todas as telhas junto com um bando louco de macacos. Enquanto isso, minha mãe me acompanhou até o quarto, ajeitou o cobertor por cima de mim e apagou a luz.

No outro dia, bem cedo, a Lília, minha irmã, que também estava cursando o ginásio, dois anos na minha frente, foi quem me acordou para a aula. Engraçado, minha mãe devia ter pegado no sono, o que era raro. Resolvi ir até o quarto dela, preocupado que estivesse doente. No caminho, passei pela sala e vi a folha do desenho aberta sobre a mesa, no mesmo lugar onde a havia deixado. Só que ocorrera um milagre. A enorme mancha de tinta nankin tinha desaparecido.

Milagre de mãe. Não sei como, ela conseguira uma nova cópia do desenho, talvez indo à meia-noite na casa da professora, e fizera a tarefa por mim, durante a madrugada. Naquela folha estava o mais lindo poema que recebi na minha vida. Um poema sem nenhuma palavra. Mas um verdadeiro poema de amor.

Hoje, neste ano de 2011, aqui diante do túmulo dela, em Alegrete, leio as palavras que minha irmã Laís mandou colocar em nome dos quatro filhos de Zilah Maria Tavares Cheuiche: *Mãe, paciência, amor e bondade.*

E acho que todos vão pensar, por ser o escritor da família, que a frase é minha. Que bom que pensem assim. Eu, que amo tanto as palavras, não escreveria nada melhor.

Nelson Laydner

Lembro dele em Alegrete, nas pescarias do rio Ibirapuitã. Alto e magro, para mim era um velho feio e simpático. Mas para a Laís, minha irmã, era parecido com o Gary Cooper, ator do filme *Por quem os sinos dobram*, baseado no famoso livro de Ernest Hemingway.

Na beira d'água, inverno e verão, usava roupas velhas, como os demais velhos pescadores, mas se distinguia, de longe, por um chapelão de palha, quase ao estilo mexicano. Também era diferente dos outros por sua preferência por um único peixe, a traíra, que ele tentava pescar com uns anzóis enormes, que mais pareciam ganchos de açougue, presos a linhas grossas como sovéus. Chamava as traíras carinhosamente de *pretas* e nunca as matava. Depois de pescadas, costumava passar-lhes uma linha pelas guelras e deixá-las nadando perto dele. Tenho certeza que as soltaria, se não fosse pelos amigos que gostavam de comer peixe.

Na hora do almoço, quando todos se reuniam no acampamento, eu adorava ver e ouvir o seu Nelson discutindo com o seu Doca, que não pescava, só assava o churrasco e muito bem. Adão Paim era o nome do seu Doca, mas só fiquei sabendo isso quando deixei de ser criança. Aliás, eu era o único guri que participava do *Sindicato dos Pescadores*, como se autodenominava, por brincadeira, o grupo de amigos do seu Astral. Este espanhol da Galícia era o dono da *Granja São José*, quase uma ilha cercada pelos rios Ibirapuitã e Capivari. Carrancudo e generoso, ele se chamava realmente Joaquim Astrar, identidade oficial que eu também ignorava.

Meu pai era arrendatário da Granja e, como eu trabalhava no campo com ele, nos fins de semana, era aceito aos domingos no meio dos adultos. Mas, com três condições: tirar lambaris para o seu Nelson pescar traíras, nunca falar sem ser perguntado e ir buscar água quando o assunto era proibido para menores.

As discussões do seu Nelson com seu Doca eram de pura brincadeira. Um vivia implicando com o outro para disfarçar uma grande amizade. Contarei apenas uma das estórias deles, talvez a mais saborosa.

Parece que o seu Nelson, agora bem casado, tinha sido noivo, quando jovem, e sua noiva falecera. Sofrendo muito, buscara consolo na religião, jamais deixando de ir à missa aos domingos, o que era obrigado a fazer de madrugada, para depois ir pescar. Passaram-se alguns anos e ele não namorava e mantinha-se de luto. Foi então que, para surpresa do seu Doca, o seu Nelson fez-lhe uma confidência na hora sagrada do mate:

– Ando com vontade de me casar.

– E já tens uma candidata? – perguntou-lhe o amigo, contente com a ressurreição.

– Não, ainda não. Mas quero uma mulher que seja dedicada a Deus.

Seu Doca pensou um pouco e tascou:

– Por que não te casas com a dona Cota?

Seu Nelson enrugou a testa ao ouvir o nome da beata.

– A dona Cota? Ela é velha demais para mim.

Aí o seu Doca deu uma gargalhada:

– Então tu queres mesmo uma mulher para ti e não para Deus.

Nelson Laydner tinha um armazém na esquina da Praça Getúlio Vargas, em diagonal com a Rua Mariz e Barros. Dali tirou seu sustento, mas não fez fortuna. Cidadão sem jaça, formou o filho José em arquitetura e viveu sempre para a família, os amigos e a religião católica. Um dia, ficou sabendo por que emagrecera tanto e sentia tantas dores: uma doença incurável que já levara o seu Astrar e o seu Doca. Foi então que resolveu se despedir das pescarias.

Alguém o levou até o acampamento, na Granja, acredito que o meu pai, o seu Duterlívio e o Plínio Melgarejo. Eu estava estudando na França e só fiquei sabendo, muito depois, do que aconteceu. Chegando na beira do Ibirapuitã, seu Nelson buscou o lugar costumeiro, no alto das pedras, como se fosse pescar. Mas foi pegando suas linhas grossas, com anzóis grandes, ainda enroladas, e jogou-as, uma a uma, para que afundassem no rio. Depois, num gesto digno de Gary Cooper (a Laís tinha razão, eu é que não sabia) tirou o chapelão de palha e lançou-o, girando, sobre as águas.

Ficou alguns momentos olhando o chapéu ser levado pela correnteza, virou as costas ao antigo pesqueiro e partiu. Ereto e firme, pela última vez.

Seu Lili

Dormimos ao relento, naquela noite. Depois da serenata que o pessoal de Santana da Boa Vista nos ofereceu, cada um ajeitou seus arreios em forma de cama, deitou-se e cobriu-se com o poncho. A noite estava estrelada. Mas, ao meu lado, seu Lili comentou:

– Vai chover de madrugada.

E choveu mesmo, antes do clarear do dia.

Nos escuros, os cavaleiros de Caçapava do Sul começaram a juntar seus pertences e levá-los rapidamente para dentro de um galpãozinho. Eu ia fazer o mesmo, quando o meu amigo disse:

– Vai chover pouco, seu Alcy. Puxe suas coisas para debaixo do poncho. Não vale a pena tanta correria.

Acostumado com sua experiência campeira, obedeci. Passei a mão na minha mala de garupa e fiquei deitado, a garoa batendo no chapéu. Dez minutos depois, a chuva parou. Nos levantamos calmamente e fomos encilhar nossos cavalos. Tomamos mate, café com bolachas servido no bolicho da estrada, junto ao qual tínhamos acampado, enquanto alguns companheiros ainda estavam meio perdidos no escuro. Procuravam descobrir de quem era aquele freio, ou aquela cincha, na montoeira do pequeno galpão.

Assim era o meu amigo Benjamin Dias Osório. Um homem do campo, que se criou no lombo do cavalo. Como diz o poeta Glênio Fagundes, uma verdade simples de explicar. Ele apeou do petiço para aprender a caminhar.

Muito inteligente, poderia ter sido doutor, mas cursou a escola da vida e diplomou-se gaúcho. Durante dez anos emparelhei muitas vezes meu cavalo com o dele, principalmente nas Festas do

Divino. Tínhamos quase a mesma idade, mas sempre nos tratamos por senhor. Uma senhoria sem cerimônias, apenas pelo hábito da educação. Ele me respeitava pelo que aprendi nos livros e eu pelo que ele aprendera ao ar livre, durante muitos anos de trabalho. Gostava de vê-lo encilhar seu cavalo, laçar, fazer a prova de rédea, comandar a carneada de uma vaca e espetar carne para o churrasco. Fazia tudo com muita facilidade e alegria, brincando e contando causos. Sempre gostei de ouvir suas estórias, narradas com bom humor e sempre arrematadas com sabedoria. Guardei algumas delas na memória e vou contar pelo menos uma, a do tropeiro trancado a cadeado, ainda neste livro, ou em algum outro.

Descobri que ele era mesmo meu amigo, num dia em que me procurou muito preocupado. E foi logo dizendo:

– Seu Alcy, me fizeram uma proposta para ser comprador de gado e eu quero a sua opinião.

E me falou de um frigorífico que lhe oferecia uma boa comissão para intermediar as vendas em Caçapava. Vi que estava inseguro e perguntei:

– Por que escolheram o senhor?

– Porque eu conheço muita gente e sei onde tem gado bom.

Aí eu lhe disse com franqueza:

– Às vezes, esses frigoríficos quebram e não pagam pelo gado que levaram. Então, se eles derem o calote em alguém, vai ser em um amigo seu, que confiou no senhor, não é? Aí o senhor, que é um homem direito, vai vender seu gado para pagar o prejuízo.

Ele não disse nada, me abraçou e foi embora. Um ano depois, um outro vendedor de gado que aceitou a proposta teve que vender até a casa para pagar dívidas que não eram suas.

A honra, a dignidade, o amor pela família e pelos amigos são a maior herança que nos deixa o seu Lili. A multidão que o acompanhou, desde o momento em que seu coração deixou de bater, ainda montado a cavalo, é uma prova disso. Mas, acima de tudo, seu Lili foi um homem de fé. Um cavaleiro do Divino Espírito Santo. Mesmo vestido de mouro, sempre foi o mais cristão de todos nós.

Benjamin, em hebreu, significa *filho do meu povo*, um dos eleitos de Deus. Por sua vida limpa, tenho certeza que Benjamin Dias Osório já deve estar campereando na estância do Patrão Divino. Que lhe permitiu, como merecia, entrar a cavalo no céu.

Nas paredes das cavernas

Quando Pablo Picasso visitou a gruta de Lascaux, na França, *chef d'oeuvre* da pintura rupestre, escreveu uma mensagem para a posteridade: *Afinal, encontrei meu mestre.*

Realmente, através da pintura, foi ali que a arte gráfica nasceu das mãos dos homens e mulheres de Cro-Magnon. Arte porque transmite emoção e beleza. Gráfica porque é ancestral da nossa escrita. Incapazes de uma comunicação oral que narrasse seus feitos de caça, eles misturaram as primeiras tintas e as aplicaram com os dedos sobre o suporte que os rodeava, a pedra bruta.

Curioso que chamemos hoje de "digital" uma das mais modernas técnicas da indústria gráfica. Dígitos são os nossos dedos, os mesmos de ontem e de hoje. Ansiosos para criar e transmitir aos outros as nossas obras de arte. O Egito guarda os melhores exemplos dessa ânsia de sobrevivência através da comunicação gráfica. Graças a Champollion, podemos ler como escrita cursiva os caracteres gravados nos túmulos e nas paredes dos templos. São histórias do cotidiano no tempo dos faraós, que inspiraram escritores como Mika Waltari a dar-lhes uma nova vida através dos livros.

Seria injusto contar um pouco da história da indústria gráfica, sem falar no produto que substituiu o papiro e o pergaminho. Foi observando como os marimbondos construíam suas casas com serragem e saliva que um carpinteiro chinês inventou o papel. Era no primeiro século da era cristã e somente seiscentos anos depois, através dos árabes, que o maravilhoso invento tornou-se a base sólida para a comunicação escrita. Um dos primeiros livros escritos em papel foi *As mil e uma noites*, coletânea de estórias populares, precursora das obras modernas de ficção.

Tenho na minha biblioteca um pequeno tesouro. Um livro não maior que a unha do polegar. Comprei-o como suvenir de uma visita a outro templo da arte gráfica. Um recanto tranquilo da Alemanha, onde Gutenberg fez funcionar a primeira impressora sob o olhar incrédulo do mundo.

Muitos falam na importância dos enciclopedistas na propaganda da Revolução Francesa. Mas é preciso explicar que o povo semianalfabeto do século XVIII teve recusada pela monarquia a possibilidade de adquirir conhecimentos através dessas primeiras coletâneas da sabedoria universal. Por que proibir a primeira enciclopédia? Porque o povo descobriria que a chave da sua liberdade está no saber. E depois iria exigir mais. Quem sabe a igualdade de direitos e a fraternidade universal.

As palavras impressas venceram a luta contra o absolutismo. O mundo gráfico é a maior conquista da democracia. Ainda se proíbem e queimam livros, mas cada vez em menores proporções. Além disso, a indústria e o comércio, através das agências de propaganda, sofisticaram as exigências visuais dos consumidores. Dos ingênuos "reclames" oferecidos aos nossos avós, chegamos a verdadeiras obras de arte nas embalagens, nos outdoors, nas páginas de revistas e jornais. Tudo passa pela arte gráfica. Desde o selo da vitória brasileira na Copa do Mundo, até o papel que valoriza o presente do nosso aniversário.

Aliás, neste momento, todos os que gostamos de livros estamos de aniversário. Mas não podemos esquecer, nas comemorações do cinquentenário da FEIRA DO LIVRO DE PORTO ALEGRE, que ela é, acima de tudo, uma obra gráfica. E que, sem a indústria gráfica, nesta e em outras latitudes, ainda estaríamos aplicando tinta com nossos dedos nas paredes das cavernas.

O ÔNIBUS FLUVIAL

Da janela do meu quarto vejo um pedaço do Sena. À direita, a catedral de Notre Dame é contornada pelo rio. Paris nasceu aqui. Nesta ilhota chamada pelos romanos de *Lutecia Parisiorum*, destinada a ser o coração do mundo.

Nesta manhã ensolarada, o que mais me impressiona é o movimento de barcos em ambos os sentidos. São quase dez horas e os *bateaux mouches* cheios de turistas dividem as águas com *péniches* carregadas de carvão. Quase a minha frente, um ônibus fluvial estaciona em sua parada. Descem algumas pessoas, sobem outras, e ele prossegue o trajeto rio acima. Daqui a duas horas, mais ou menos, estará de volta pela outra margem, a chamada *rive droite*. Graças a esse transporte alternativo, além do prazer de navegar nesta cidade linda, os passageiros aliviam um pouco os trens do metrô e os ônibus normais.

Em seu livro *Terra dos homens*, Saint-Exupéry conta a visita de um árabe do deserto a Paris. Depois de assustar-se com o Sena, o beduíno parou estarrecido diante de um chafariz e perguntou ao escritor: "para onde vai toda essa água?". "Desce pelos canos e vai rio abaixo." "E para que serve?" "Para bonito, para alegrar os olhos das pessoas." Aí, Saint-Exupéry narra que o árabe caiu em profunda depressão, pedindo-lhe para voltar o quanto antes ao seu deserto, onde as gotas d'água valem como diamantes.

Há muitos anos, escrevi um livro de poemas intitulado *Entre o Sena e o Guaíba*. Lembro que na apresentação, eu dizia:

> No Sena lavou o rosto nossa história universal. Guaíba é o sangue da terra dourado de pôr do sol.

Hoje, revoltado com tanto desperdício de água, eu diria que o Sena é um pedaço da França em movimento. E que o Guaíba é o retrato do nosso imobilismo.

Por que não temos ônibus fluviais em Porto Alegre? Imaginem uma linha permanente margeando o Guaíba desde o Lami, com paradas na Ponta Grossa, Ipanema, Pedra Redonda, Tristeza, Assunção, Cristal, Estádio Beira-Rio, Anfiteatro Pôr do Sol, Parque Maurício Sirotsky, Museu do Gasômetro, Cais do Porto. E dali do monumento envidraçado, bem na frente da Praça da Alfândega (e da Feira do Livro), prosseguindo e parando na Estação Rodoviária, Doca Turística, Canoas. Voltaria pelas ilhas e pelas margens do Jacuí, servindo aos que residem em permanência e possibilitando a muitos moradores de fim de semana fixarem-se definitivamente em lugares mais aprazíveis.

Isso sem falar no famoso transporte fluvial entre Porto Alegre e Guaíba, aliviando a carga dos ônibus comuns, o bolso dos passageiros e ainda levando turistas para visitarem o cipreste histórico e a casa onde viveu Gomes Jardim e morreu Bento Gonçalves.

É por essas ideias e outras que chamam os poetas de sonhadores. Mesmo os que sonham de olhos abertos, enxergando os ônibus fluviais de Paris, como eu. Da mesma maneira que vi os bondes da Alemanha, silenciosos, baratos e confortáveis. E pensei nos bondes de Porto Alegre, arrancados das nossas ruas pelo "bem do progresso". Ou pelo bem do bolso de alguns?

A VOLTA DOS CENTAUROS E DAS SEREIAS

Minha filha Zilah, médica veterinária, mestre em reprodução animal, contou-me um fato emblemático da manipulação da vida. Ela visitava uma fazenda, quando viu uma galinha com uma ninhada de patinhos. Isso mesmo, *patinhos* e não pintinhos. Alguém tinha trocado os ovos no ninho, uma espécie de transplante campeiro. E lá ia a galinha, orgulhosa e atenta, com seus filhotes ao alcance das asas.

Acontece que havia um açude ali bem perto e, ao vê-lo, os patinhos correram e entraram na água. Incapaz de nadar, a galinha ficou desesperada, cacarejando e correndo pela margem. Sua memória genética não podia entender o que estava acontecendo. Em poucos instantes quebrava-se uma cadeia de milênios no seu instinto de proteção. Fosse ela um ser humano, não tardaria a necessitar atendimento psiquiátrico.

Fiquei pensativo ao ouvir essa história. A ovelha Dolly, produto de clonagem, ainda existia, mas os cientistas só estavam preocupados com sua saúde física. Na essência, queriam apenas saber se os órgãos do animal iriam envelhecer antes do tempo ou cumpririam as etapas cronológicas do modelo clonado. A verdade é que ninguém estava realmente interessado naquela ovelha. Todos queriam certificar-se de que a experiência será aplicável em seres humanos. Se poderemos, um dia, pagar milhares de dólares para nascer de novo com todas nossas características físicas, como gêmeos univitelinos de nós mesmos.

E a mente humana, como ficaria? Talvez vagando na margem daquele açude, incapaz de entender o sentido da manipulação genética.

Pouco sabemos da verdadeira história da espécie humana. Quando Erich von Däniken publicou seu livro *Eram os deuses astronautas?*, recebeu críticas principalmente por ser um *outsider*, por não ser um cientista, um arqueólogo diplomado. Mas sua teoria de que fomos visitados há milênios por seres altamente avançados talvez esteja certa. Mesmo sabendo hoje que nosso DNA é quase igual ao de um chimpanzé, por que esse macaco continua nos olhando através das grades dos jardins zoológicos? Por que não evoluiu, como queria Darwin? Talvez porque um seu ancestral longínquo tenha servido apenas como *mãe de aluguel* para o transplante de embriões humanos. Ou tenha havido realmente um cruzamento manipulado que criou a nossa espécie e deixou-a evoluir desde as cavernas, como uma fantástica experiência científica.

Nosso atavismo em relação à natureza é incontestável. Criamos megalópolis como a Cidade do México, Tóquio ou Nova York e fugimos delas, desesperados, a cada fim de semana. Um amigo meu, em São Paulo, mora num apartamento de cobertura no vigésimo andar de um edifício. Lá no alto plantou um verdadeiro jardim em torno da piscina, e sua churrasqueira fumega diretamente para as nuvens. O que não o impede de fugir também na sexta-feira à noite para Campos do Jordão, onde anda a cavalo no sábado e no domingo e convive com a verdadeira natureza. Viemos do mato e só em contato com a terra, as plantas e os animais somos verdadeiramente felizes. E olhamos para o céu agradecendo a Deus, ou aos deuses, que nos trouxeram de lá. A Ele ou a eles devemos a nossa vida. Fomos criados à sua imagem e semelhança. Mas pouco sabemos da nossa verdadeira origem.

Sabemos, no entanto, que a história se repete. E nada nos impede de supor que os monstros fantásticos da mitologia grega não foram apenas fruto da imaginação. Que houve, realmente, há milhares de anos, manipulações genéticas entre o homem e o cavalo. Que os centauros galoparam de verdade em alguns lugares deste planeta até desaparecerem naturalmente, por serem híbridos, ou em lutas ferozes com Hércules e outros heróis humanos encarregados de destruí-los. O Minotauro, morto por Teseu na Ilha de Creta, pode também ter existido realmente, como os sátiros e as sereias. E alguns cientistas malucos, como os que estão criando rãs fosforescentes, podem tentar essa experiência a qualquer momento.

Por que falo de tudo isso? Porque aquela galinha continua a correr na beira do açude, incapaz de entender como os seus filhotes a abandonaram. Ela cacareja em protesto pelo absurdo da ciência sem controle, como fazem todos os dias os nossos ecologistas.

Que vá para o inferno o Protocolo de Kioto! Que aumente o rombo da camada de ozônio até que o sol da manhã nos queime como um ferro em brasa. Que derreta todo o gelo dos polos. Que a floresta amazônica sobreviva apenas nas velhas fotografias de Rondon. O que interessa é o *net profit*, o famigerado lucro líquido de quem se considera dono do planeta. O petróleo já está no fundo do poço e a sua alternativa é o combustível agrícola. Uma ótima solução se nenhum ser humano passasse fome, se milhões de pessoas não morressem de doenças causadas pela desnutrição.

Mas essas vidas não contam para quem não dá valor à vida.

O PESCADOR E O EXECUTIVO

Dez anos suados em São Paulo me fizeram um *connaisseur* em matéria de executivos. Até na praia, disfarçado de banhista ou pescador, sou capaz de identificar o *cujo* e sair correndo de perto.

O executivo contumaz, mesmo de calção, respira e transpira como se estivesse de gravata. Cada pessoa que lhe apresentam é uma nova chance de negócios. O brilho do olhar, o equilíbrio do aperto de mão e o meio sorriso herdado dos chefes norte-americanos são características patonomônicas. Alguns deles, nem na praia conseguem separar-se do laptop. Outros são esportivos, queimados de sol, até letrados, mas não resistem à comichão de relatar seus feitos no *business world* ao primeiro incauto. O tom de voz é confessional, as pessoas que mencionam estão na crista da onda. A onda que deveriam estar furando com um bom mergulho, em vez de nos encher o saco.

É um desses executivos empedernidos o personagem principal da parábola que vou narrar.

O referido *marketing manager* foi passar as férias numa praia do litoral paulista. Depois de dormir três dias seguidos, acordou com vontade de pescar. A manhã era convidativa. Céu azul, nenhum vento, mar quebrando preguiçoso contra a praia e os rochedos. O executivo tomou do seu caniço importado, ajustou o molinete, verificou a linha, o anzol, as iscas coloridas, untadas por um feromônio *infalível*, e partiu para a pesca. Conseguiu um ponto vantajoso nas rochas e espalhou o material, bem ordenado, em torno da sua cadeira de lona. Findo os preparativos, lançou a linha à água, calçou o caniço em moderno dispositivo e ficou à espera dos peixes.

Passada uma hora de frustração, surgiu ao lado do executivo um pescador *caiçara*, morador das redondezas. Estava armado de um caniço de taquara do mato, mal e mal aparado à faca. A linha era de barbante e o anzol parecia um simples arame torcido. Era um homem moreno, baixinho, de tipo indiático e idade indefinível.

O pescador catou por ali mesmo um caramujo, quebrou-o com uma pedra e prendeu o recheio gosmento no anzol. A linha era curta e sem chumbada. Já no primeiro lance, boiou um pouco e afundou de repente. Sob o olhar atônito do executivo, o caiçara firmou o caniço, cansou o peixe e puxou-o mansinho para cima das rochas. Era um peixe arredondado, de escamas brilhantes. Um quilo e meio, no mínimo.

O pescador catou outro caramujo e repetiu a operação. Em meia hora, pescou mais dois lindos peixes e guardou-os junto com o primeiro no velho saco de lona, manchado de óleo. A linha do executivo continuava parada e murcha como o próprio dono.

Posto o saco no ombro, o pescador sorriu cortesmente e se foi por uma trilha que subia o morro. O executivo quebrou caramujos, guardou a isca artificial, jogou a linha mais perto, e nada de peixe. Cansado, voltou para o hotel e para o *scotch*.

Na outra manhã, repetiu-se o fato. Mas, desta vez, o executivo resolveu abordar o pescador que, com mais três lindos peixes, preparava-se para ir embora.

– Já vai? Por que não tira mais um peixe?

O homenzinho estranhou a pergunta.

– Pra quê? Já tenho o que chegue pra o almoço e a janta da minha gente.

– Se tirasse outros peixes, poderia vendê-los no mercado.

– Não carece, não senhor. Quando preciso, troco um ou dois destes na feira por açúcar ou café. O resto nós colhe na rocinha.

O executivo não desistiu.

– Se vendesse mais peixes, poderia ganhar um bom dinheiro. Comprar um refrigerador. Até mesmo abrir uma peixaria.

– Pra que uma peixaria, meu senhor?

— Para ter lucro e comprar um caminhão frigorífico. Contratar pescadores. Vender peixe para a capital. Até exportar.

O pescador olhava o executivo como hipnotizado. O homem estava na fase de investir na bolsa, em *commodities*. Nesta altura, o pescador já era proprietário de uma firma organizada, com gerentes, secretárias, *marketing plan, cash flow, advertising* até na televisão.

— Está vendo só? Tudo isso você pode ganhar se for mais ambicioso... Mas se conforma em tirar três peixes e vai-se embora. Um desperdício de tempo e de dinheiro.

O caiçara olhou pela primeira vez nos olhos do executivo e perguntou:

— E o que qu'eu faço com toda essa dinheirama?

— Ora, o que quiser. O que gostar. Pode até deixar um bom gerente cuidando dos negócios e vir pescar, bem sossegado, numa praia.

Sem dizer mais nada, o pescador enrolou a linha no caniço, botou o saco no ombro e foi-se embora. Mas saiu olhando de soslaio, cuidando as costas, de medo que aquele doido varrido lhe atirasse uma pedra.

Farm Bill ou Búfalo Bill?

Búfalo Bill foi um dos heróis da minha infância. No Cine Glória de Alegrete, cada índio ou búfalo que ele matava, era motivo para a maior gritaria das crianças. Ele era para nós o mocinho, e seus adversários, os bandidos. E o mocinho sempre tinha razão.

Já adolescente, caiu em minhas mãos um livro que começou a alterar esses conceitos, *Winnetou*, do alemão Karl May. Ali, a figura do índio apache ganha outra dimensão e o valor dos búfalos, alimentando os índios em suas longas migrações, me foi pela primeira vez revelado.

Mais tarde, li uma biografia do coronel William Cody, o verdadeiro Búfalo Bill, e descobri que ele levava turistas europeus para o oeste, pagando caro para matar búfalos e índios pelas janelas dos trens. Depois, fiquei sabendo que o horroroso hábito de escalpar, de arrancar o couro cabeludo das vítimas, foi criado pelos mocinhos e não pelos bandidos. Realmente, foram os invasores das terras dos índios que pagavam por escalpo, prova material de que o índio tinha sido assassinado. Muitos anos mais tarde, filmes como *O pequeno grande homem* e *Dança com lobos* revelaram ao mundo que os próprios norte-americanos já não acreditavam mais nos seus mocinhos do faroeste. E eu sepultei para sempre o famigerado Búfalo Bill.

Agora, do mesmo país que nos ensinou a vender o patrimônio público e abrir a economia à globalização, nos vem uma lei agrícola, chamada Farm Bill, capaz de arrasar nossas exportações, causando prejuízos de bilhões de dólares à agricultura brasileira. Nós, que eliminamos até o subsídio do leite, deixando nossos produtores à mercê de preços irrisórios, assistimos estupefatos a oficialização de um gigantesco protecionismo que contraria todas as normas da Organização Mundial do Comércio. Apenas dez por cento dos produtores agrícolas dos Estados Unidos vão receber em dez anos cerca de 170 bilhões de dólares de subsídios para enfrentarem deslealmente a concorrência de países como o Brasil, capazes de produzir melhor do que eles. Um protecionismo tão descarado que provocou a revolta de jornais sérios como *The New York Times*. Mas que nos abre os olhos para a necessidade de defendermos também com unhas e dentes o que é nosso. E deixarmos de acreditar em falsos heróis.

O grande Paulo Autran

Quem já esteve na gruta de Lascaux sabe que foi lá. Aquelas paredes pintadas pelo homem pré-histórico são verdadeiros cenários de teatro. Bisões e cavalos em disparada, mas nenhuma figura humana. Para que pintar os atores, se eles estavam ali, representando dentro da caverna? Picasso extasiou-se com essas pinturas e disse que finalmente encontrara seus mestres. Pena que as pedras não guardaram também o eco dos instrumentos musicais primitivos. E o movimento dos homens de Cro-Magnon narrando seus feitos de caça e de guerra.

Em todas as escavações arqueológicas de antigas civilizações, encontram-se vestígios de teatros. Chineses, egípcios, fenícios, gregos, romanos cultivaram a arte de representar desde os mais remotos tempos. A acústica do teatro grego de Epidaurus, embora ao ar livre, permite que palavras apenas sussurradas cheguem aos lugares mais distantes do amplo semicírculo. Desde as miniaturas chinesas até os megaespetáculos do Coliseu Romano, o teatro foi a representação da própria vida humana. E continua sendo, cada vez que se veste apenas de talento. Para mim, o teatro nasceu em Alegrete, com os espetáculos ambulantes de Procópio Ferreira. Até hoje recordo de algumas cenas de *O Avarento* de Molière que assisti aos oito anos de idade. Aos dezoito, vim estudar em Porto Alegre e descobri o Theatro São Pedro. E dentro dele, Shakespeare e Paulo Autran. Essa primeira experiência repetiu-se muitas vezes, aqui e em outros teatros do Brasil. E nenhum outro ator impressionou-me mais do que ele. Nem os mais famosos que tive diante de mim quando vivi na França e na Alemanha.

Agora, aqui está o grande Paulo Autran na pele dura de um escritor isolado do mundo. Um papel que ele mesmo escolheu para as comemorações do seu aniversário. Tradutor das falas originalmente escritas em francês, acredito que até melhorou o texto de Eric-Emmanuel Schmitt. E seu desempenho é infinitamente melhor do que o de Alain Delon, na versão de estreia apresentada em Paris. Cecil Thirè o acompanha como fiel escudeiro, com luz própria, mas sempre iluminado pelo mestre. Porque Paulo Autran não apenas representa aquele escritor de talento, aquele ser humano frustrado por uma única paixão. Paulo Autran é o escritor Abel Zorko, em todos os momentos, em todas as falas. E quanto suas últimas palavras se despedem de nós, ficamos alguns segundos indecisos, querendo ainda mais, muito mais. Até que nos erguemos em uníssono para aplaudir de pé. O que vou dizer agora é uma verdade que todos sabemos, mas que não custa repetir. Paulo Autran continua evoluindo aos oitenta anos de idade. Embora, desde muito jovem, já tenha atingido a perfeição.

IDEIAS NÃO SÃO METAIS
QUE SE FUNDEM

Discute-se sobre o deslocamento dos restos mortais de Gaspar Silveira Martins de Bagé para a cidade gaúcha que recebeu seu nome. Não em definitivo, é claro, que isso os bageenses jamais tolerariam. Mas assim como um "passeio histórico" para honrar o grande político brasileiro em data de importância para a comuna de Silveira Martins.

Não vou entrar na polêmica sobre a conveniência ou não de mexer com os despojos do líder federalista. Mas fiquei fascinado com a oportunidade que o fato nos dá de recordar seus feitos e, principalmente, suas ideias. Pois isso, acima de tudo, define sua biografia. Um pregador de ideias. Uma mente poderosa a serviço da liberdade e da democracia.

Silveira Martins foi o líder intelectual da Revolução Federalista de 1893, que enfrentou a ditadura de Júlio de Castilhos, legalizada pela Constituição de 1891, escrita pelo próprio Castilhos. Isto é, legalmente, o poder executivo tinha poderes ditatoriais. Mas nem sempre o que é legal é justo. E foi em busca da justiça que Silveira Martins, Joca Tavares, Gumercindo Saraiva e tantos outros líderes rio-grandenses lutaram contra a deturpação do regime republicano.

A República nasceu no mundo, todos sabemos, sob a égide do lema "Liberdade, Igualdade e Fraternidade". Assim, se não há liberdade de eleger seus dirigentes, se não há liberdade de criticá-los nos bares, nos lares, nos parlamentos, na imprensa, mesmo se essas críticas forem injustas, não há regime republicano. Numa república, existem mecanismos para defender o cidadão contra o Estado e o Estado contra o cidadão. Para os reis absolutistas, vale sempre lembrar, qualquer crítica era uma ofensa lesa-majestade, qualquer opositor, um candidato à prisão ou à morte. *L'état c'est moi*, disse Luís XIV, quando um ministro alertou-o de que suas ordens contrariavam as leis do Estado, as leis da França. Com essa frase, esgotou a possibilidade de uma monarquia democrática no seu país, como existe hoje na Espanha, por exemplo, e incentivou a revolta que iria mais tarde derrubar a bastilha e guilhotinar Luís XVI.

Chegando legalmente ao poder na Venezuela, mas depois de uma tentativa de golpe militar, Hugo Chávez está seguindo à risca a cartilha para transformar-se de presidente em ditador. Começou governando com um parlamento livre e agora governa por decreto. Foi eleito com liberdade de imprensa e agora não aceita a mínima crítica ao seu governo. Qual é a ideologia do nosso presidente que o chama de democrata e companheiro, discursa como se ainda fosse um líder operário, mas propicia aos bancos os maiores lucros da história do Brasil? Qual a ideologia de quem tenta fundir em seu governo as ideias antagônicas e muitas vezes oportunistas de onze partidos políticos?

"Ideias não são metais que se fundem", disse Gaspar Silveira Martins. Porque, segundo ele, só se fundem nas caldeiras da ditadura e da corrupção.

A BANCÁRIA ALGEMADA

O Sindicato dos Bancários de Porto Alegre está completando 75 anos. Três gerações de luta, desde sua fundação em 1933. Nascido sob a égide dos revolucionários de 30, tem uma bela história para contar. Alguns dos seus ex-presidentes, como Olívio Dutra e José Fortunati, depois de considerados subversivos durante a ditadura, fizeram carreira na política partidária, com muito destaque, para a honra dos bancários. Mas não esquecem das coações que sofreram, das prisões arbitrárias, das algemas nos pulsos.

Coisas do tempo da ditadura, dirão alguns. Pois não é bem assim. Nossa democracia, como no governo Geisel, continua relativa. E as algemas foram usadas, ainda na semana passada, para humilhar uma líder bancária gaúcha.

Não vou dizer seu nome porque não lhe pedi autorização. Mas o fato pode ser comprovado junto ao Sindbancários, ali na Rua da Ladeira, na hora que o leitor desejar. Também a Brigada (que pena, uma corporação gloriosa) registrou a lamentável ocorrência, uma vez que a bancária foi levada à força para um posto policial.

Segundo a versão da vítima, os fatos foram os seguintes. A diretora do Sindbancários foi chamada à agência do Banco Real, na Borges de Medeiros, porque uma advogada do banco queria impedir a greve por conta de uma liminar da 21ª Vara do Trabalho. A sindicalista mostrou outra liminar, da 5ª Vara do Trabalho, garantindo o direito de greve. Discutiram, a advogada exigindo que os grevistas saíssem da frente da agência e a diretora alegando que estavam exercendo um direito legítimo, ordeiro e pacífico, garantido pela Constituição Federal.

Foi quando chegaram quatro brigadianos, três homens e uma mulher. Foi dada voz de prisão para a diretora do Sindbancários e, pasmem os leitores, a brigadiana sacou de suas algemas e fechou-as nos pulsos da bancária. Uma mulher desarmada, cuja periculosidade residia apenas em exercer o direito de greve, jamais deveria ter sido presa, muito menos, algemada.

E não ficou por aí. A bancária foi conduzida a pé, como um assaltante de rua, pela Borges de Medeiros, até o Posto da Brigada no Largo Glênio Peres. No local estavam alguns verdadeiros delinquentes, a maioria sem algemas.

A diretora sindical ficou presa por duas horas e foi lavrado um termo circunstanciado em que figurou como ré e o banco como vítima.

Quando da prisão do banqueiro Daniel Dantas, muitos juristas, a começar pelo presidente do Supremo Tribunal, Gilmar Mendes, condenaram o uso desnecessário de algemas. E agora? São ofensivas para a dignidade do banqueiro e justificadas para a bancária?

Pobre democracia brasileira. Acredite quem quiser.

Grenal no Maracanã

O futebol é um dos poucos esportes coletivos, talvez o único, em que o pior pode ganhar do melhor, e até com facilidade. E nisso reside seu charme. E, por isso, a Fifa não aceita juízes eletrônicos. Os erros do juiz e dos bandeirinhas fazem parte da regra do jogo. Mexem com a lógica da partida e, por essa e outras razões, como dizia Ildo Meneghetti, "futebol não tem lógica".

Em 16 de julho de 1950, o Brasil estava pronto para ser campeão do mundo. Ninguém jogaria um níquel, como dizia a minha vó Jenny, na vitória dos uruguaios. E deu no que deu. Éramos muito melhores, e eles nos esmagaram em pleno Maracanã.

Domingo que vem, naquele mesmo estádio, cujo nome recorda um periquito em extinção, o Brasil vai tirar uma dúvida a respeito dos gaúchos. Se o Grêmio entrar em campo para perder do Flamengo, é melhor que os responsáveis por isso esqueçam do hino rio-grandense. Pois não basta para ser livre, ser forte aguerrido e bravo, povo que não tem virtude, acaba por ser escravo.

Acima de qualquer paixão futebolística, está em jogo a honestidade, o fio de bigode, a vergonha na cara. E não me venham com essa de que razões históricas sempre nos separaram em grupos irreconciliáveis: farroupilhas e caramurus, pica-paus e federalistas, chimangos e maragatos. Em 1930, os maragatos de Assis Brasil se uniram aos chimangos de Getúlio Vargas para que pudéssemos derrubar a República Velha, carcomida por vícios eleitorais e pela corrupção. Rio Grande, de pé pelo Brasil, foi a frase de Getúlio que mobilizou os gaúchos de todas as crenças.

No Maracanã, domingo próximo, o Grêmio vai decidir se é gaúcho ou não, se é guerreiro para enfrentar cem mil flamenguistas ou prefere se encolher para prejudicar o Internacional. Duvido que se acovarde. Principalmente se mandar para o Rio de Janeiro jogadores e dirigentes com a alma tricolor, capazes de honrar a garra e o panache de Osvaldo Rolla, o Foguinho imortal.

Gostaram do meu discurso? Alguém ainda tem dúvida? É claro que eu sou colorado.

A Feira do Livro de Porto Alegre

A cada ano, o milagre se repete. Diante de milhares de pessoas, um milhão e oitocentas mil neste ano, a Feira do Livro renasce como a fênix da mitologia. E por que milagre? Porque uma minoria teimosa teima em dizer que ninguém lê. Que o livro já era. Que o suporte eletrônico vai substituir o papel e *et cetera* e tal. Houve até um americano que escreveu um livro provando que o livro vai acabar. Um livro de papel, naturalmente. E o italiano Umberto Eco (aquele de *O nome da rosa*, vocês sabem) aliou-se ao francês Jean-Claude Carrière para escrever uma obra-prima, para mim, definitiva: *Não contem com o fim do livro*. Pelo menos, não antes do fim do mundo, naturalmente.

Vocês sabem quantos livros foram vendidos na Feira do Livro de Porto Alegre? Mais de quatrocentos mil. É isso aí mesmo, galera incrédula. E vendidos em apenas dezessete dias, de 29 de outubro a 15 de novembro. E o melhor, para baixar a crista dos pessimistas: as vendas foram dezesseis por cento maiores do que as de 2009. E o sucesso foi ainda maior porque houve um componente adicional a ser superado: os boatos de que a feira deste ano seria prejudicada pelas obras de restauração da praça. O que provocou multidões de leitores fiéis a irem conhecer a "passarela das obras". Um arco-íris cultural que ligou a Rua da Praia com a Sete de Setembro, com a vantagem de ter um tesouro de cada lado.

Quando a Feira do Livro nasceu, em outubro de 1955, Juscelino Kubitschek acabara de ser eleito presidente da República e Leonel Brizola prefeito de Porto Alegre. A cidade contava com sessenta cinemas de calçada e os livreiros tradicionais começaram a perder clientes. Alguns meses antes, Say Marques, jornalista e vereador, reunira alguns deles num café do Largo dos Medeiros, na Rua da Praia (onde hoje começa a Feira do Livro e a Rede Pampa coloca seu estúdio de vidro). Tomaram alguns chopes e, junto deles, a decisão: se os leitores estão nas ruas e nas praças, é para lá que os livros devem ir. Ergueram catorze barracas em volta da estátua do General Osório, rechearam cada uma com cuidadosa seleção de livros, e rezaram para o milagre acontecer.

Testemunha desse tempo artesanal, o português Edgardo Xavier nos diz que, nas primeiras edições da feira, sabia de cor o nome de cada livro e onde encontrá-lo nas prateleiras da sua barraca. Ganhou várias apostas provando isso e hoje, ainda vendendo livros em seu apartamento perto do Parcão, é uma memória inteligente e bem-humorada de mais de meio século da Feira. Com ele e com o atual presidente da Câmara Rio-Grandense do Livro, João Carneiro, ficamos sabendo o porquê de tanto sucesso. Tudo se resume numa só palavra: democracia.

Vamos ao dicionário: *demos*, povo, *cratus*, poder. Democracia é o poder do povo. E é o povo que manda na Feira do Livro de Porto Alegre. O povo que inunda as alamedas, que economiza para comprar livros, que forma as filas para os autógrafos, que assiste às palestras, que se inscreve nas oficinas, que vem de perto, de longe e de muito longe para rever a Feira dos seus amores. Um povo apaixonado que não paga nada para participar das atividades culturais, todas elas gratuitas. Contação de histórias, teatro de bonecos e de gente grande, música clássica e popular, dança, artes plásticas. Uma feira de verdade. Colorida, musical, com correria de crianças e cheiro de pão quente.

Para isso há um segredo que se perpetua desde a primeira edição. A igualdade de oportunidade para os livreiros e editores em seus locais de trabalho. Diferente das bienais do livro, aqui não se vende espaço para as empresas mais poderosas erguerem estandes luxuosos e gigantescos, engolindo as pequenas e ditando as regras do jogo.

Pensem bem nisso, economistas que me leem. Democracia pode ser a receita para muitos milagres econômicos e culturais ainda sem explicação.

Um ônibus cortando as águas do Guaíba

É isso mesmo. Não é metáfora, nem licença poética, nem força de expressão. Estou dentro de um ônibus cortando as águas do Guaíba. Um belo ônibus fluvial para 120 passageiros, que acaba de deixar o cais junto ao terminal do Trensurb. Diante de nós as águas se encrespam ao vento sudeste. Rapidamente, o catamarã atinge sua velocidade de cruzeiro: cinquenta quilômetros por hora. Pouco para uma estrada, muito para uma navegada sem sinaleiras fechadas, sem carros, motos, ônibus, caminhões e carroças para ultrapassar. No interior do barco, através das paredes envidraçadas, vejo desfilar a bombordo o perfil da minha cidade. Bombordo, o lado esquerdo, o lado do coração.

Porto Alegre é uma cidade linda. Mais linda quando vista ao entardecer, refletindo em milhares de vidraças o pôr do sol alaranjado e rosa. O ônibus fluvial avança em direção à cidade de Guaíba. Ali nasceu a Revolução Farroupilha, em 1835, e morreu Bento Gonçalves, em 1847, na casa de seus velhos amigos Gomes Jardim e Isabel Leonor. A casa do cipreste histórico é um ponto cultural e turístico que os porto-alegrenses e nossos visitantes pouco conhecem. Mas que irão conhecer, em futuro próximo, com muito mais facilidade, quando este ônibus fluvial estiver operando regularmente.

O sonhador que o mandou construir e o apresenta com orgulho, é o empresário Hugo Fleck. Os viajantes, seus convidados, são todos escritores, meus alunos da oficina de criação literária que redigem um livro de contos bilíngue português/francês. O livro pretende apresentar Porto Alegre aos parisienses e Paris aos porto-alegrenses. O projeto se chama "Entre o Sena e o Guaíba", exatamente porque as duas cidades são filhas de seus dois rios. Com a diferença que o Sena, desde a antiguidade, nunca deixou de ser navegado pelos mais diferentes tipos de embarcações. E nós abandonamos o Guaíba, há meio século, em troca de uma ponte levadiça que hoje costuma ficar trancada lá no alto, contemplando milhares de veículos engarrafados e infelizes.

O ônibus fluvial chega agora diante do cais da cidade de Guaíba. Levamos exatamente vinte minutos nessa travessia. Mas não vamos desembarcar. Porque a obra no trapiche para embarque e desembarque de passageiros ainda não está pronta. E não depende da empresa proprietária do ônibus fluvial, e sim das autoridades locais. Pode levar mais um mês, dois meses, três meses... É preciso ter paciência e dar a volta para Porto Alegre, onde chegaremos em mais vinte minutos de uma bela navegada. Que custará, no futuro, a cada passageiro apenas o preço de seis reais.

Na volta, olhando para o lindo prédio do Museu Iberê Camargo, penso no futuro e acredito no sonho que estamos vivendo. Um dia, como em Paris, os ônibus fluviais de Porto Alegre nos levarão regularmente por toda a orla do Guaíba. E sua denominação indígena de "encontro das águas" voltará a ser verdadeira para todos nós.

SOFRENDO POR UM TÁXI

Sexta-feira, 17h30. Saio de um compromisso cultural e caminho pelo centro em busca de um táxi. Tenho que pegar um ônibus às 19h30 na rodoviária. Antes, preciso buscar minha sacola que está em casa, na Florêncio Ygartua. Nenhum problema. Tenho duas horas para esse percurso.

Ledo engano, como diziam os textos antigos. Como não havia nenhum táxi à vista, subi a Rua da Ladeira até o Theatro São Pedro. Nada. Desci a Riachuelo, dobrei na Caldas Júnior, ainda tranquilo. Sempre há uma enorme fila de táxis naquele lugar. Nenhum para remédio. E pior, a fila era de pessoas que esperavam na esquina da Rua da Praia.

Parei uns quinze minutos por ali, e nada. Olhei o relógio e resolvi seguir em frente. Estava ficando tarde, mas, certamente, eu encontraria um táxi perto do Mercado Público e ainda teria tempo de ir em casa e na rodoviária.

Noite já escura e chuviscando. Na Sete de Setembro passaram por mim alguns táxis. Mesmo sabendo que deveriam estar ocupados, eu levantava o braço. Nenhum parou, mas, mesmo me sentindo ridículo, segui tentando. Com os vidros foscos, não se vê se há passageiros dentro e aquele código de luzes na testa deles não funciona mais. As lâmpadas queimam com facilidade e custam caro, me explicou um taxista, uma vez.

Já caminhando pela Voluntários da Pátria, tomei a decisão radical. Iria a pé para a rodoviária e viajaria sem bagagem. O compromisso era para uma feira do livro e eu voltaria no dia seguinte. Estava bem-vestido, de terno, sem gravata. Compraria escova de dentes, pasta e material para me barbear numa farmácia, e pronto.

Como a volta estava prevista para sábado à noite, eu, simplesmente, ficaria com a mesma roupa.

Foi aí que entrei numa rua escura e deserta, paralela com a Garibaldi. E vi o rapaz de boné sentado no portal de uma casa velha. No momento em que passei por ele, acendeu duas vezes um isqueiro. Me deu um frio na barriga. Aviso que vendia crack ou faço sinal para três pessoas que estavam paradas na próxima esquina? Naquele momento, o único a fazer era usar o recurso do senador Pinheiro Machado. Não acelerar o passo para não mostrar covardia e não diminuí-lo para não parecer provocação.

Cruzes! Na teoria pode funcionar. Mas que alívio quando cheguei intacto na rodoviária.

Moral da história. Convido qualquer autoridade que ainda tenha dúvidas se os táxis são suficientes em Porto Alegre a fazer o mesmo caminho que eu fiz, na mesma hora, na próxima sexta-feira. Mas sem guarda-costas, por favor.

Na minha porta não vai bater nenhum PM

O verdadeiro tsunami brasileiro, que mata milhares de pessoas e joga carros para o ar é a irresponsabilidade dos motoristas. E essa situação continuará piorando se não for aplicado em todos nós o título do famoso livro de Dostoiévski: *Crime e castigo*.

Digo todos nós, porque recebi, há dois meses, uma comunicação de que deveria entregar imediatamente minha carteira de motorista em um CFC (leia-se Centro de Formação de Condutores) por ter atingido os vinte pontos fatais.

O que fazer? Vivo pregando em prosa e verso, desde a ditadura, o valor da cidadania, do estado de direito. E essas palavras significam o direito de ser cidadão, de ter acesso à saúde, segurança, educação, cultura, justiça. Mas também o dever de obedecer às leis brasileiras, aceitar as normas que regem o convívio em sociedade. Ou seja, submeter-me sem subterfúgios ao que ditava aquele papel na minha frente.

Peguei um táxi e fui até um CFC na João Pessoa. Fui atendido em poucos minutos e orientado a entregar a carteira de motorista ali mesmo. Ela ficaria retida durante 30 dias, até que eu cumprisse o curso de reciclagem e fosse aprovado numa prova escrita. Com outro papel na mão, atravessei a avenida até uma agência do Banrisul e paguei a taxa de que não lembro o valor exato, mas não passou de duzentos reais.

Na manhã seguinte, fui de lotação até o mesmo local e entrei numa sala de aula para cumprir o castigo. Confesso que estava emburrado por ser o único de cabelos grisalhos no meio de uma turma que buscava sua primeira carteira de motorista. *Burro velho* pareciam dizer os olhos jovens que me contemplavam: era só diminuir a velocidade diante dos pardais... Mas não foi assim. Durante sete aulas de três horas, com absoluta liberdade de discussão com o professor, integrei-me perfeitamente com aquela turma e senti-me à vontade como aluno. Contei e ouvi boas histórias, que me servirão de material de trabalho, no futuro. Uma delas foi a de uma senhora de oitenta anos que atingira os pontos fatídicos por participar de rachas na madrugada. Depois de perder o medo, confessara simplesmente aos colegas que os pontos não eram dela, e sim do neto, que lhe roubava o carro e escondia as multas.

Bueno, o meu maior medo, eu que sou professor, era rodar na prova. Tinha que responder corretamente 21 perguntas em trinta, e isso me preocupava muito. Mas, depois de três semanas de uma boa reciclagem, fui lá e consegui acertar 26 questões. Fiquei inchado de orgulho e recebi minha carteira de motorista de volta, exatamente um mês depois de entregá-la.

É por isso, *gaúchos e gaúchas de todas as querências*, que na minha porta não vai bater nenhum PM para me entregar intimações. Só por isso. Nada mais.

Brizola não usava cartola

Dentro de pouco mais de um mês, o Brasil democrático vai comemorar os cinquenta anos do Movimento da Legalidade. Incrível como meio século passou rápido. Para mim, que estava em Porto Alegre, é como descer aos porões da memória e me ver com vinte anos no *Retrato de Dorian Gray*.

Uma rápida síntese para facilitar o entendimento. No dia 25 de agosto de 1961, Jânio Quadros, depois de apenas sete meses de governo, abdicou à Presidência da República. Gesto tresloucado ou calculado, até hoje discutem os historiadores. A verdade é que o "homem da vassoura" saiu voando como uma bruxa desvairada, deixando Brasília sem maiores explicações. O vice-presidente João Goulart estava na China em missão diplomática e comercial. Nada melhor para os golpistas, liderados pelo ministro da Guerra, Odylio Denys, para acusá-lo de comunista e impedi-lo de assumir como presidente da República.

E isso teria acontecido, não fosse a atitude corajosa do governador do Rio Grande do Sul, o jovem engenheiro Leonel Brizola. Depois de tentar comunicar-se com Jânio Quadros, para oferecer-lhe apoio se estivesse sendo vítima de uma quartelada, Brizola convenceu-se de que a única maneira de preservar a democracia era lutar pela posse de seu cunhado João Goulart. E, para tanto, transformou o Palácio Piratini numa cidadela fortificada. Contando com a fidelidade monolítica da Brigada Militar, pendurou uma metralhadora portátil ao ombro e iniciou sua pregação cívica. Numa atitude genial, inspirada pela assessoria de comunicações, requisitou a Rádio Guaíba, instalou-a nos porões do palácio (graças ao talento do engenheiro Homero Simon) e convocou o povo a unir-se a ele pela Legalidade.

O povo compareceu em massa. Lembro da Praça da Matriz fervilhando de gente, homens e mulheres prontos para lutar e morrer, ao velho estilo dos movimentos históricos do passado. E isso que o Palácio Piratini quase foi bombardeado por jovens oficiais da FAB, obedecendo ao comando golpista de Brasília. Graças a um grupo compacto de sargentos e suboficiais, que impediram que os aviões decolassem, Porto Alegre salvou-se de um banho de sangue. Para evitar esse massacre, também contou e muito a atitude do general Machado Lopes, comandante militar Sul que aderiu à causa democrática.

Bem, depois de muitas peripécias em sua viagem desde a China, João Goulart chegou a Porto Alegre e foi recepcionado em delírio. Mas, contrariando a opinião de Brizola, logo partiu para Brasília, aceitando ser empossado como presidente com poderes limitados por um sistema parlamentarista inspirado por Tancredo Neves.

Em abril de 1964, menos de três anos depois desses fatos, João Goulart foi deposto por mais uma golpe militar e teve que abandonar o país. Brizola também se refugiou no Uruguai, para um longo exílio de quinze anos.

Na ânsia de provar que Leonel Brizola era corrupto, a ditadura devassou sua vida pessoal e pública em seus mínimos detalhes. Nada foi encontrado. Podia ser chamado de comunista e subversivo, como era a moda na época, mas nunca de ladrão.

Voltando aos dias de hoje, penso no que faria Brizola se uma prefeitura sob sua administração fosse submetida a uma devassa legal como a Operação Cartola. Certamente iria colaborar com as autoridades em defesa do dinheiro público e dormir em paz. A não ser que o chargista Marco Aurélio tenha razão e que Brizola esteja acordado, furioso com tanta corrupção e pronto para voltar.

PARTE IV:
Algumas entrevistas

Cheuiche na Feira de Frankfurt

Trinta Dias de Cultura (1994)
Entrevista para Ilana Heineberg

Tu fizeste alguma exposição ou participaste de algum debate na Feira de Frankfurt?

A concepção da Feira de Frankfurt é bem diferente da que temos em Porto Alegre. Primeiro, é uma feira que reúne seis mil editores de todo o mundo. Em cinco dias não há quem consiga visitar toda uma exposição de livros daquele tamanho, a gente tem que escolher. A nossa feira tem uma série de vantagens por seu romantismo, por ser dedicada ao povo, enquanto a de Frankfurt é muito mais um negócio. Quem está ali é para comprar e vender.

É um encontro de negócios entre editores?

Exato. A feira é muito mais dos editores. Por exemplo, na Feira do Livro de Porto Alegre tivemos noventa barracas e cerca de cinquenta editores. Teríamos que multiplicar isso por seiscentas vezes para ter uma ideia da dimensão da Feira de Frankfurt. Cada corredor do local de convenções tem um quilômetro, tudo funciona na base da esteira rolante para que se possa ganhar tempo. Caso contrário, seria preciso muito preparo físico para percorrê-la. E, mesmo assim, é impossível ver tudo.

Esta foi a primeira vez que foste nessa feira?

Sim. Fui a convite da editora alemã que publicou *Ana sem terra*. Curiosamente, na Alemanha, eles costumam trocar os títulos dos livros traduzidos, o que só estamos acostumados no Brasil quando se trata de filmes.

Qual foi o título que eles colocaram?

Eles colocaram *Warum auf morgen warten*? Que quer dizer *Por que esperar pelo dia de manhã*? O *Agosto* do Rubem Fonseca, por exemplo, foi traduzido como *Verão ardente*. Acontece que o mês de agosto, para eles, é no verão, mas, para nós, é em pleno inverno. Tive sorte que, no meu caso, deu certo, ficou até um título bonito.

Como foi a divulgação do teu livro na feira?

Foi um trabalho muito interessante. Eles confeccionaram um folheto que é uma miniatura do meu livro com a bandeira do Brasil e colocaram numa "embalagem" com uma castanha-do-pará. Distribuíram mil unidades na feira porque a castanha teve que ser comprada de importação. Foi bonito porque *Ana sem terra* defende a reforma agrária e a preservação ambiental e os europeus sabem que a castanha-do-pará está em extinção. Isso mostra o interesse deles no livro e a sua criatividade. Ao mesmo tempo que a feira é um grande negócio, eles têm sensibilidade para essas coisas.

E como foi a homenagem que prestaram ao Brasil?

Acho que dificilmente a nossa literatura recebeu, até hoje, uma homenagem maior. No pavilhão central, reservado ao país homenageado, havia o Bar Ipanema, onde serviam café e especialidades do Brasil. Junto dele, um palco onde se apresentavam conjuntos com música brasileira. Ao redor de tudo isso, estantes com todos os tipos de livros brasileiros traduzidos para o alemão. Neste local estavam também representações de nossos organismos oficiais, como Ministério da Cultura e Biblioteca Nacional. Havia também exposições sobre a cultura primitiva do Brasil e jardins de Burle Max. Toda uma programação cultural que começou antes e terminou depois da feira.

Como a literatura brasileira está sendo vista lá fora?

Na Feira de Frankfurt quem fez sucesso foi o Paulo Coelho. O pessoal costuma criticá-lo por ser um best-seller. Mas, afinal, se o Sidney Sheldon pode ser um, por que o Paulo Coelho não pode? Porque ele é brasileiro?

Sim, mas nós sabemos que há muita coisa melhor no Brasil...
Sim, mas não se trata de melhor: é simplesmente best-seller. Posso citar uma série de escritores maiores que nunca foram best-sellers. São produtos da nossa época, produtos de marketing. Isso não impede que alguns best-sellers tenham valor literário. Não vou entrar no mérito da obra do Paulo Coelho, mas ele tem todo o direito de ser um best-seller, até porque trabalha duro para isso. Quando conheci a Mônica, sua agente literária, comendo um cachorro-quente lá em Frankfurt, ela me convidou para um coquetel com quitutes baianos (servido por baianas legítimas, a caráter), onde entraram pouquíssimos brasileiros. Só ali, onde conversei alguns momentos com ele, Paulo Coelho garantiu a tradução dos seus livros para mais 32 idiomas. Ele é competente, e pronto.

E o restante da literatura brasileira como se saiu em Frankfurt?
O que eu posso dizer? Se a literatura brasileira é conhecida na Alemanha? Fora os clássicos, muito pouco.

Então por que homenagear o Brasil?
Isso é outra questão. O Brasil é um país grande, nossa literatura é importante, mas o mercado é mais ainda. Temos alguns milhões de leitores que não podem ser desprezados. Quanto aos nossos livros, faltam agentes literários com maior penetração na Europa. E incentivos oficiais nas traduções. Exemplo: eu já fui pago pelo Ministério da Cultura da França para traduzir um livro do francês para o português.

Qual a impressão que o leitor estrangeiro tem da literatura brasileira?
A literatura brasileira tem sempre um lado exótico que é passado, principalmente por Jorge Amado. Vamos pegar *Gabriela cravo e canela*, que é um livro belíssimo, mas mostra outro mundo, não o que está acontecendo hoje no Brasil. Não quero desprezar o livro, que é uma obra de arte. Entretanto, existe outro Brasil e é este que os leitores estrangeiros têm direito de conhecer e que

nós devemos retratar. É mais ou menos como os fotógrafos fazem, não é só usar a imaginação, mas fotografar a realidade. Dessa alquimia entre a imaginação e o ato de fotografar é que sai um bom romance.

Mas em vários países latino-americanos há esta tendência para o realismo mágico.

Tu podes usar o realismo mágico sem deixar de contar a tua realidade. Todos nós podemos usar esse artifício. Eu mesmo já o fiz. No final de *Ana sem terra* pulo para o ano de 2040, de onde os personagens debatem o que aconteceu em nossa época atual e acham graça e têm pena, ao mesmo tempo. No meu entender, o escritor tem um compromisso maior com a ética do que com a estética.

Autorretrato Alcy Cheuiche

Zero Hora – Caderno Donna (2006)
O dono da Feira

Os dias têm sido de glória para o escritor Alcy Cheuiche, 66 anos. O motivo: ser patrono da 52ª Feira do Livro de Porto Alegre. Seus projetos pessoais estão suspensos até o último dia do evento: 13 de novembro.

O autor diz que ser eleito é o seu maior prêmio literário:

"É preciso ter maturidade para só se envaidecer na justa medida. Para isso, eu tenho um antídoto que me deu o tio Joaquim Tavares, irmão da minha mãe, na época em que foi ministro da Agricultura: 'Quando alguém se infla com um cargo, é porque é pequeno demais para ele'".

Qual a sua lembrança de infância mais remota?

O sobrado onde nasci, em Pelotas. Do tempo da monarquia, foi construído pelo meu bisavô materno.

Quando você descobriu o prazer em escrever e contar histórias?

Aprendi a gostar de escrever na Escola Oswaldo Aranha, em Alegrete, onde fui alfabetizado. Na adolescência, já em Porto Alegre, escrevi os primeiros poemas.

Qual seu maior ídolo na adolescência?

Meu pai. Um meio-sangue libanês com a outra metade Vargas, enérgico, idealista, devorador de livros e grande contador de histórias.

Que livro você gostaria de ter escrito?

O velho e o mar, de Hemingway.

Qual o jeito e o ambiente ideal para ler e para escrever?
Leio sempre antes de dormir. Para escrever, concordo com Rachel de Queiroz: "O escritor que precisa de lua cheia para buscar inspiração, é porque ainda não é um profissional".

Que filme você sempre quer rever?
Hiroshima mon Amour, de Alain Resnais.

Qual a sua ideia de um domingo perfeito?
Em Porto Alegre, no Brique ou no Jangadeiros. Em Caçapava do Sul, montado no meu cavalo Olimpus, um puro-sangue andaluz.

O que você faz para espantar a tristeza?
Trabalho.

O que dispara seu lado consumista?
Viagens. Qualquer folheto promocional me deixa assanhado.

Um hábito de que você não abre mão.
Ler, é claro. Mas também gosto muito de cinema e teatro.

Um hábito de que você quer se livrar.
Não saber dizer não quando me convidam para atividades culturais.

Um elogio inesquecível.
Foi feito por um jovem de dezoito anos na Feira do Livro. Ele me abordou e disse simplesmente: "O senhor não me conhece, mas eu aprendi a gostar de ler num livro seu".

Em que outra profissão consegue se imaginar?
Jornalismo.

Em que situação você perde a elegância?
Com burrice à flor da pele em gente poderosa.

Um plano para breve.
Depois da Feira, terminar o romance que estou escrevendo. E começar outro que já está pedindo passagem.

Revista Escritores do Sul (2010)

Gaúcho típico, nascido em Pelotas, criado em Alegrete, Alcy Cheuiche é um dos nomes mais importantes da literatura do Rio Grande do Sul. Autor de livros como *Sepé Tiaraju*, *Ana sem terra*, *O mestiço de São Borja*, *Guerra dos Farrapos*, entre muitos outros, o escritor conversou com a revista *Escritores do Sul* e contou um pouco de sua bela e interessante história de vida.

Qual seu nome completo?
Alcy José de Vargas Cheuiche.

Onde e quando nasceu?
Em Pelotas, Rio Grande do Sul, no dia 21 de julho de 1940, o mesmo dia e mês de Hemingway, meu escritor predileto.

Como você se define?
Hoje? Sou um escritor e ponto.

Como foi a sua infância? Você era uma criança que já costumava ler? Se sim, do que você gostava?
Minha infância foi maravilhosa, em Alegrete, onde cheguei com quatro anos de idade. Meu pai era veterinário do Exército, no tempo da Cavalaria. Ele arrendou uma granja a poucos quilômetros da cidade para produção de leite, mas o que mais produziu foi a felicidade da minha mãe e de todos nós. Ali aprendi a andar a cavalo, a nadar, a subir em árvores, a respeitar a natureza em todas suas manifestações, formas e cores. Não por acaso, o meu livro *O mestiço de São Borja*, de 1980, é considerado um dos primeiros romances ecológicos do Brasil. Antes de ser alfabetizado no Instituto de Educação Oswaldo Aranha, ouvia extasiado as histórias contadas pelo meu pai, um fantástico narrador. Aliás, depois fiquei sabendo que a narrativa oral é uma característica comum dos árabes, em especial dos libaneses. E meu avô emigrou do Líbano, como narrei no romance *Jabal Lubnàn, as aventuras de um mascate libanês*. Os primeiros livros que li foram de Monteiro Lobato e me acompanham até hoje. Eu tinha sete anos quando ele morreu e chorei

como se fosse uma pessoa da minha família. Quando fui à Grécia, fiquei impressionado com o que aprendera em criança nos seus livros, em especial nos romances históricos infantojuvenis *O minotauro* e *Os doze trabalhos de Hércules*.

E a sua família? Como era?
Meu pai, Alcy Vargas Cheuiche, era um homem enérgico, disciplinador, mas paciente para tudo explicar aos filhos e aos amigos dos filhos. Inclusive, as razões por que participara das revoluções de 1930 e 1932. Era getulista, mas, embora fosse Vargas por parte de mãe, nunca se aproveitou disso em sua carreira. Fanático pela educação e pela cultura, diplomou-se em medicina veterinária e direito, numa época em que um só diploma era raro. Depois de aposentado, dedicou-se a tarefas comunitárias sem remuneração, tendo presidido a Fundação Educacional de Alegrete por cerca de vinte anos. Criou uma dezena de cursos superiores, entre outras façanhas. Minha mãe, Zilah Tavares Cheuiche, era uma pessoa inteiramente dedicada à família. Muito inteligente, pouco falava, mas não tinha medo de nada. Aliás, pelo lado dela, sou descendente em linha reta do coronel João da Silva Tavares, o Visconde do Cerro Alegre, que lutou contra os farroupilhas durante os dez anos da Guerra dos Farrapos, tema de outro romance meu. Eu adorava quando meu pai narrava essas histórias em que os Silva Tavares e os Vargas eram protagonistas, o que foi muito estimulante para a minha vocação de escritor.

O que lhe fez cursar medicina veterinária? Você já pensava em ser escritor nesta época?
Estive entre a medicina veterinária e o direito, porque eram as profissões do meu pai. Escolhi a primeira porque, aos dezoito anos, eu era um gaúcho de verdade e não queria me separar do campo. Nunca me arrependi dessa escolha. O veterinário me sustentou por muitos anos, até que me tornasse um escritor profissional. E isso impediu que eu enveredasse por caminhos errados na literatura, apenas para sobreviver. Comecei a escrever na escola e ganhei o meu primeiro prêmio literário aos dez anos de idade. Foi num concurso de redações sobre

o Duque de Caxias que mobilizou muitas crianças da cidade. O prêmio foi entregue na praça, antes do desfile do Dia do Soldado. Nunca deixei de lhe dar valor. Sim, sempre pensei em ser escritor. Um dia, mal alfabetizado, peguei a máquina de escrever da minha mãe (com a qual ela batia os discursos do meu pai) e iniciei meu primeiro romance. Acho que não passou de quatro linhas.

Como foi a sua experiência na Europa com a bolsa conquistada na faculdade?

Foi na França, onde cheguei com 23 anos, que a minha vocação se firmou para a literatura. Hemingway dizia que *se você teve a sorte de viver em Paris quando jovem, sua presença o acompanhará pelo resto da sua vida.* Essa é uma grande verdade. Paris é muito mais do que a França, é uma encruzilhada universal. E a arte é uma só. Você se prepara para ser escritor, não só lendo bons livros, mas também apreciando pinturas, ouvindo música, indo ao cinema e ao teatro. Descobrir Brecht no Teatro Nacional Popular, onde os estudantes pagavam uma ninharia, foi uma revelação. O mesmo com Buñuel na Cinemateca do *Palais de Chaillot*. O mesmo com os pintores impressionistas, pois Hemingway já me ensinara que desejava escrever como Cézanne pintava.

Durante dois anos, enviei crônicas semanais para o jornal *Correio do Povo*, de Porto Alegre, sob a rubrica: *Cartas de Paris*. Até hoje considero a crônica um exercício fundamental para o romancista. E me orgulho de ter três livros de crônicas publicados. Foi em Hannover, na Alemanha, onde também fiz pós-graduação em veterinária, que escrevi minha primeira novela, *O gato e a revolução*. Naquele momento, tomei a decisão de dar prioridade à literatura, mesmo sacrificando a carreira científica. Não foi fácil, eu tinha 26 anos e já me iniciava na cirurgia experimental de transplantes de órgãos. Mas nunca me arrependi.

Você fez muitas viagens quando trabalhou na Johnson & Johnson. Alguma lhe marcou mais? O que lhe marcou mais nesse período de sua vida?

Quando meu livro *O gato e a revolução* foi cassado, após o Ato Institucional de dezembro de 1968, comecei a sofrer perseguições na universidade e tive que buscar trabalho em São Paulo. O curioso é que eu era chamado de "comunista e subversivo" em Porto Alegre, o que não impediu uma empresa americana de me contratar.

Pragmáticos, eles confiaram mais no meu currículo de veterinário. Além de viver em São Paulo, uma cidade muito profissional e culta, viajei por diversos países a serviço da Johnson & Johnson, tendo feito um estágio de três meses na Bélgica e de um mês na Austrália. Foi voltando da Austrália que visitei a Ilha da Páscoa, cuja descoberta narro em *Sepé Tiaraju, romance dos Sete Povos das Missões*, um dos meus livros mais conhecidos, com edições em Braille, quadrinhos e em outros idiomas.

Seus livros já foram muito elogiados em espanhol e em alemão também, pois relatam um Brasil que os estrangeiros não estão acostumados a ver. Fale sobre isso.

Eu acredito, como Tolstói, *que o universo começa no pátio da nossa casa*. Assim, os temas brasileiros podem agradar leitores de todo o mundo e, se não somos mais conhecidos, os escritores do Brasil, é porque dependemos de agentes literários com experiência internacional (temos pouquíssimos) e tradutores competentes (menos escassos, mas também em falta). Quando viajei pela Alemanha, em 1997, realizando conferências e lançando as versões em alemão dos livros *Sepé Tiaraju* e *Ana sem terra* fiquei impressionado com o interesse despertado nas quinze cidades visitadas, inclusive Berlim. A tônica da imprensa alemã foi a afirmativa de que livros como os meus abrem uma porta para a compreensão da literatura e da saga brasileira atual, uma vez que abordam temas históricos e sociais, inclusive com personagens que sofreram com a imigração. É a vantagem dos romances que popularizam esses temas.

Quando inicia um livro, sabe antecipadamente seu conteúdo, já o planejou na cabeça ou vai construindo-o aos poucos?

O roteiro está na minha cabeça e só começo a escrever quando termino o fundamental da pesquisa, o que, às vezes, pode levar até dois ou três anos. Mas nunca me coloco num trilho, e sim numa trilha, o que me permite enriquecer o romance, a qualquer momento, com novas situações e personagens.

Você começou imitando alguém? Quem?
Sofri a influência de Erico Verissimo, como os escritores rio-grandenses da minha geração e ainda considero *O Tempo e o Vento* e *O prisioneiro* como duas obras-primas da nossa literatura. A Hemingway já me referi, sendo sua lição principal a necessidade de conhecer a fundo um tema antes de transformá-lo em livro, como é claro em toda sua obra, mas especialmente em *Por quem os sinos dobram* e *O velho e o mar*. Aliás, Lobato, a quem já me referi, foi tradutor de Hemingway. Durante o período francês, outros escritores me influenciaram, como Roger Martin du Gard, André Malraux, Exupéry, Sartre e Simone de Beauvoir, Françoise Sagan, Marcel Pagnol. Muitos, muitos deles, sem citar os mais modernos.

Há algum livro seu que você já amou e hoje não gosta mais, como acontece com alguns escritores? Por quê?
Acho que tive muita sorte, como expliquei acima, em poder me sustentar como veterinário. Assim, não aceitei escrever livros pornográficos, que eram muito bem pagos da década de setenta à de oitenta, quando vivi em São Paulo. Também não me preocupei em publicar um livro por ano, o que é o erro de muitos, até por necessidade material. Livro é como a gente, tem período de gestação.

Qual o seu objetivo com a escrita?
Contar histórias, como meu pai fazia, só que por escrito. Criar personagens e dar vida a outros que merecem ser conhecidos, como o índio Sepé Tiaraju, o negro João Cândido e o branco Alberto Santos Dumont, cujas histórias são mal contadas nos livros e nas escolas, ou nem são narradas aos alunos, como no caso do *Almirante Negro*. Acredito na literatura como caminho ético e estético. E o ato de escrever, como disse alguém, é tanto uma vocação como uma condenação. Para mim, também, uma ótima maneira de manter o alto-astral, o equilíbrio psíquico. Gosto tanto, que até pagaria para escrever. Se me pagam, é ainda melhor.

Quais são, na sua opinião, suas principais qualidades e seus principais defeitos como escritor?

As qualidades acho que são ligadas ao respeito com o tema e com o leitor. Como sempre digo aos meus alunos, é preciso preparar-se para escrever como um atleta olímpico se prepara para competir. Só o talento não basta. Dos defeitos não vou falar. Os livros são como filhos, não é verdade?

E a sua rotina, como funciona? Você escreve todos os dias? Tem horários próprios para isso? Concilia com facilidade a vida profissional e a vida pessoal?

Não sou escritor de fim de semana. Quando estou escrevendo um livro, reservo para ele todas as manhãs. Antes, quando tinha expediente de outro trabalho a cumprir, era comum começar a escrever de madrugada, acordando cada vez mais cedo. Lembro de um dia que acordei a uma e meia com um trecho do livro na cabeça, levantei e segui escrevendo até as sete da manhã. Tomei café e fui para o outro trabalho. Sou matinal para escrever. O sono me descansa e me inspira. Hoje só escrevo, traduzo, participo de reuniões do Conselho Estadual de Cultura do RS, faço palestras e dou aulas de oficina literária. Posso organizar melhor o meu tempo, como fiz nos últimos seis meses, em que escrevi um romance e um livro para o público infantil.

E o seu fascínio por Santos Dumont, de onde veio? Sua pesquisa levou muito tempo para ser feita? Você prefere trabalhar com livros como esse ou com ficção?

Meu fascínio nasceu quando li um livro de Santos Dumont, publicado em Paris, em 1904, e cujo original em francês só foi traduzido no Brasil 37 anos depois. Nesse livro, que achei na biblioteca do meu pai, descobri que o nosso inventor já era famoso muito antes do primeiro voo do 14-Bis, pois foi ele quem deu dirigibilidade aos balões. Assim, ao contrário dos irmãos Wright, que fabricavam bicicletas antes de seu pretenso voo com o Flyer, em 1903, Santos Dumont já era reconhecido como aeronauta no mundo todo, desde 1901, após seu famoso voo de balão dirigível em torno da Torre Eiffel.

Outro aspecto que me impressionou foi seu idealismo e sua coragem. Nunca vendeu nenhum dos seus inventos, doou-os todos para o patrimônio comum da humanidade. E nunca contratou pilotos de provas, ele próprio arriscava a vida para provar suas teorias revolucionárias. Tenho dois livros sobre o "Pai da Aviação", ambos em edição de bolso, pela L&PM. O primeiro é um romance, *Nos céus de Paris*, e o outro, *Santos Dumont*, uma biografia encomendada para a Série Encyclopaedia, da editora. O romance foi muito mais difícil porque me exigiu uma pesquisa supercuidadosa sobre Paris da *Belle Époque*, e não se brinca com Paris. Quando Alberto voava em seus balões, o que via lá em baixo? Isso, sem contar que, num romance, é preciso criar diálogos. Para que fossem autênticos, tive que pesquisar nos jornais franceses da época, retirando frases pronunciadas por ele. Um romance histórico precisa recriar também outros detalhes sobre personagens coadjuvantes. Tive que estudar a vida da Princesa Isabel porque foi amiga de Santos Dumont. O mesmo com o jornalista Jean Jaurès, outro amigo dele, que foi assassinado às vésperas da Primeira Guerra Mundial, por ser pacifista. Tudo isso exige muito tempo e paciência. Felizmente eu domino o francês e meus amigos de Paris me ajudaram bastante.

E por que Sepé Tiaraju?

Porque o meu primeiro livro, *O gato e a revolução*, uma sátira política, tinha sido cassado pela ditadura. Assim, eu queria escrever sobre um tema social que não fosse só meu, e sim, de respeitabilidade universal. Além disso, nunca aceitei as teses colonialistas sobre a incapacidade dos índios. E a "República Guarani" com sua estrutura econômica, social e política, com sua cultura expressa na pedra, na madeira, na música, é um desafio para os que ainda defendem o genocídio do povo guarani. Para os que não aceitam que somos uma sociedade gerada pelo caldeamento de muitas raças e que os índios e negros representam a maioria da nossa herança. Hoje, Sepé Tiaraju é reconhecido oficialmente como herói rio-grandense e brasileiro. As ruínas de São Miguel Arcanjo, cidade missioneira da qual foi prefeito, foram tombadas pela UNESCO como Patrimônio da Humanidade. Meu livro deu sua gota d'água para isso, o que me deixa feliz.

Para você, Espanha e Portugal devem desculpas ao povo Guarani? Fale um pouco sobre isso.

Não só desculpas. Na Alemanha existe uma lei chamada *Auschwitz Lüge* (Mentira de Auschwitz) que proíbe qualquer pessoa a mentir, dizendo que não houve o Holocausto dos judeus e de outras minorias raciais, pessoas assassinadas aos milhões pelos nazistas. Além disso, a Alemanha investe ainda muito dinheiro para reparar uma pequena parte desse erro monstruoso. Acho que poderíamos ter uma lei semelhante, no Brasil, para os que negam o holocausto dos nossos índios, desde a chegada dos portugueses. E Portugal e Espanha deveriam investir para preservar a vida e a cultura dos guaranis e de outros povos indígenas sobreviventes.

Na história nacional e mundial da literatura, quais as personagens mais bem construídas que conhece e por quê?

Ana Terra, de Erico Verissimo (que me inspirou *Ana sem terra*) continua viva, respirando, levando no ventre um filho do índio Pedro Missioneiro para iniciar uma nova família rio-grandense e brasileira.

Blau Nunes, o gaúcho pobre de Simões Lopes Neto, continua narrando histórias preciosas, exemplo de decência e honra.

O Jagunço Riobaldo, de João Guimarães Rosa, é um desafio para os que ainda consideram esses párias da história brasileira, Lampião, entre outros, como meros bandidos e assassinos.

Jean Valjean, de Victor Hugo, ainda continua sendo condenado, como todos os miseráveis do mundo, pelo crime famélico de roubar um pão.

A cigana Pilar, de Ernest Hemingway, continua representando toda a mística e a personalidade autêntica da alma espanhola.

Muitos personagens mais, muitos mais.

Você acha que para se tornar um grande escritor é necessário trabalho duro, como um "operário da escrita", ou é uma questão de mero talento?

Acho que já respondi essa pergunta aí por cima. Como

dizemos nas oficinas de criação literária: *Ars sine scientia nihil est.* Ou seja, a arte sem a ciência nada é. Talento é essencial, mas deve ser burilado, como as pedras preciosas.

Quais personagens que já criou com as quais mais se identifica pelas ideias ou como ser humano? Criou-as já se tendo como modelo ou escreveu e se reconheceu apenas depois?

Oswaldo Winterfeldt é uma personagem de ficção, criada por mim, que me apaixona. Quando algum leitor de *O mestiço de São Borja* pergunta se ele é o meu alter ego, costumo responder que não, ele é muito melhor que eu. Mas não nasceu pronto. Foi evoluindo como ser humano através da vida. Chorei ao descrever a sua morte e me orgulho disso.

O velho Tiovô, do livro *A mulher do espelho*, também me encanta. Dou boas risadas quando releio seus diálogos com o sobrinho-neto, um engenheiro esquecido de apreciar a vida como ela é. Os nonagenários ainda são raros como personagens da nossa literatura. Inspirei-me, em parte, no meu tio Joaquim Tavares, que morreu com 93 anos, completamente lúcido, sem nunca deixar de amar a vida.

De pura ficção, tenho outros personagens que me tocam muito, como a menina Vavá, de *Lord Baccarat*, mas vamos ficar por aqui.

Você se sente mais à vontade escrevendo crônicas, contos, romances, ensaios... o quê?

Sou um romancista, no essencial. São as águas em que nado com maior desenvoltura. Escrevo crônicas como meio de participar mais do meu tempo, tão ocupado com romances históricos.

A poesia é também minha companheira. Sempre que posso, digo um verso. Não necessariamente meu. O poeta predileto é García Lorca.

O que o levou a escrever literatura infantojuvenil?

Uma promessa que fiz a mim mesmo, que só escreveria para crianças quando tivesse os cabelos grisalhos. Não deu para esperar mais. Experiência de vida e de literatura são essenciais nesse segmento. Escrever para crianças é muito mais difícil do que escrever para adultos, podem ter certeza.

E suas oficinas de literatura? Quando surgiu a ideia e como elas vêm sendo? Já pode destacar alguns talentos que por lá passam ou passaram?
Pratico oficinas de criação literária desde 2002. Estou com 21 livros na estante dos meus alunos. Entre eles, alguns romances, em que dizem que sou o pioneiro, por ter iniciado em 2003.

A ideia consolidou-se depois de uma visita, na PUCRS, ao meu amigo e colega Luiz Antonio de Assis Brasil, um dos introdutores das oficinas no Rio Grande do Sul e no Brasil. Ele foi generoso comigo, passando-me o essencial do método que, aos poucos, fui adaptando ao meu jeito de pensar e escrever.

Hoje tenho um prazer enorme em ser professor novamente, vocação antiga, da qual fui afastado durante a ditadura.

Alunos de talento tive e tenho muitos. Não vou destacar nenhum, porque são ciumentos, embora muito unidos em seus trabalhos. Também destacaria alguns livros das oficinas que dirigi como muito bons. Mas, como maestro da orquestra, não posso nomear os que gosto mais.

Você é membro vitalício da Academia Rio-Grandense de Letras e sócio fundador da Associação Gaúcha de Escritores. Na sua opinião, o que essas tantas academias e associações de escritores hoje em dia representam? Qual a importância delas para a literatura e para a sociedade?
Entrei na Academia Rio-Grandense de Letras com 46 anos e na primeira reunião fui apresentado ao romancista Dyonélio Machado, cujo livro *Os ratos* morou muito tempo na minha cabeceira. Dyonélio faleceu naquele ano, mas ainda consegui conversar com ele, trocar algumas ideias.

Para mim o mais importante dessa Academia, a única que frequento, é o convívio que tenho tido. De início, apenas com os mais velhos. Agora, também, com os da mesma faixa etária e com os mais moços. Não sei como são as outras academias, mas a nossa tem poucos bens materiais, é discreta e digna. E uma curiosidade: nosso atual presidente, em pleno exercício de suas capacidades, tem 98 anos de idade. Francisco Pereira Rodrigues é o nome dele. Um escritor e uma figura humana admiráveis. Quanto à AGEs, sou orgulhoso de ter assinado a ata de sua fundação, há 30 anos, porque ela se preocupa com o sucesso de cada um dos seus filiados.

Como você vê as universidades atualmente?
Como sempre vi: sou apaixonado por elas. Universidade significa preocupação com o conhecimento universal. São nossa plataforma de lançamento para chegarmos a cidadãos do planeta Terra.

Utopia? Adoro as utopias.

Existem muitas universidades que não prestam? É só investir nelas.

Defina em algumas palavras:
Amor: raro e genial.
Sexo: verdadeiro, só por amor.
Liberdade: essencial.
Religião: coisa íntima.
Deus: idem.
Inteligência: privilégio.
Burrice: uma praga.
Prosperidade: necessária, mas para todos.
Vida: nosso maior patrimônio.
Morte: sai pra lá.

Qual o sentido da vida para você?
Acordar cada manhã sorrindo e cheio de planos.

Já usou drogas, inclusive bebidas?
Se vinho e cerveja estão aí classificados, sim. E gosto muito, nos momentos que considero certos. Não bebo todos os dias e nunca sozinho.

Qual seu mais recente lançamento?

Dois lançamentos. O romance *João Cândido, o Almirante Negro*, dedicado ao centenário da Revolta da Chibata, editora L&PM, e o livro para crianças *O ventríloquo*, dedicado a esse artista em extinção, editora Libretos.

Gostaria de dizer mais alguma coisa que não foi perguntada ou deixar uma mensagem para os leitores?

Para ler e escrever é preciso uma ferramenta essencial da espécie humana: a emoção. Quem não é capaz disso, ou coloca em segundo plano esse sentimento, nunca será bom escritor, nem leitor.

IMPRESSÃO:

GRÁFICA EDITORA
Pallotti
IMAGEM DE QUALIDADE

Santa Maria - RS - Fone/Fax: (55) 3220.4500
www.pallotti.com.br